LUZIFER
VERLAG

S SQUAD

WILLIAM MEIKLE

OPERATION

ARKTIS

LUZIFER VERLAG

Deutsche Erstausgabe
Originaltitel: INFESTATION

Umschlag: Michael Schubert | Luzifer-Verlag
Übersetzung: Philipp Seedorf
Lektorat: Astrid Pfister
Printed in Germany

Dieses Buch wurde nach Dudenempfehlung (Stand 2020) lektoriert.

ISBN: 978-3-95835-466-1

Bibliografische Information der Deutschen Nationalbibliothek:
Die Deutsche Nationalbibliothek verzeichnet diese Publikation in der Deutschen Nationalbibliografie; detaillierte bibliografische Daten sind im Internet über http://dnb.d-nb.de abrufbar.

1

»Das ist doch Bullshit, Sarge«, sagte Mac. »Wieso springen wir im Dunkeln? Wir sind in der Mitte von Nirgendwo; ist ja nicht so, dass uns irgendjemand kommen sehen würde.«

Captain John Banks lächelte. Mac war immer der Erste, der sich beschwerte, danach konnte man die Uhr stellen. Es war ein wenig Normalität in einer Nacht, in der *normal* nur noch eine ferne Erinnerung war. Sie flogen gerade in fünfzehntausend Fuß Höhe in der Dunkelheit, irgendwo westlich von Baffin Island und durchkreuzten lautlos den kanadischen Himmel. Vor zwölf Stunden war Banks noch auf einen Urlaub vorbereitet gewesen, hatte sogar Tickets für einen Flug nach Griechenland gehabt. Seine Frau und seine zwei Kinder waren schon aufgeregt gewesen, hatten gepackt und sich für die Abreise bereit gemacht. Doch stattdessen hatte er sie zum Flughafen gefahren und sie verabschiedet, bevor er sich auf den dringenden Befehl des Colonels hin in der Basis gemeldet hatte. Jetzt war er zu einem Ort unterwegs, der ein bisschen kälter war. Wenigstens hatte er seine eigenen handverlesenen Männer dabei, aber das war auch das Einzige gewesen, was er hatte auswählen dürfen.

»Irgendwo dort draußen ist ein russisches Boot, wo es nichts zu suchen hat, John«, hatte der Colonel an diesem Nachmittag in Lossiemouth zu ihm gesagt. »Und wir glauben, dass es in Schwierigkeiten steckt, möglicherweise sogar in großen Schwierigkeiten, wenn wir dem lückenhaften Bericht glauben können, den wir haben. Vielleicht lässt sich noch irgendetwas davon bergen. Es wäre gut, wenn wir erfahren könnten, wieso sie so tief in kanadischen Gewässern herumgeschnüffelt haben. Das Übliche für Ihr Team: Schnell rein, Job erledigen und berichten … und sich dabei möglichst nicht umlegen lassen.«

Also waren Banks, sein Sergeant Frank Hynd und das kleine Team aus vier Männern, denen er mehr vertraute als irgendjemandem sonst auf der Welt, in der Mitte von Nirgendwo unterwegs; bereit, aus dem Himmel in die kalte Schwärze unter ihnen zu fallen.

Alles in allem wäre ich jetzt wirklich lieber in Griechenland.

»Wir nähern uns dem Absprungpunkt. Noch zwei Minuten«, sagte der Pilot über das Bordsystem.

»Okay, Sarge«, meinte Banks. »Alle in Reihe antreten.« Mac sah aus, als würde er gleich wieder zu motzen anfangen, aber Frank Hynd unterband das ganz schnell – ein Blick vom Sarge reichte normalerweise aus. Die anderen drei … McCally, Nolan und Briggs … Tom, Dick und Harry, wie der Sarge sie nannte … stellten sich jetzt hinter Banks auf, als sich das Heck des Flugzeugs öffnete und die vorbeiröhrende Dunkelheit darunter enthüllte. Mac und Hynd traten vor und schoben die Box mit der Ausrüstung vor sich her. Banks zählte für beide von fünf herunter und sie rollten die Box daraufhin hinaus in die Nacht.

Sekunden später flogen alle sechs bereits durch die Luft und folgten ihr auf dem Weg nach unten.

Das war Banks' liebster Teil der Mission: Der Sprung ins Unbekannte, mit Schmetterlingen im Bauch und dem Wind, der um einen herum röhrte. Es kam ihm immer wie Freiheit vor, trotz der Kälte und des Frosts, der sich an seinen Lippen und Ohren bildete. In diesen ersten Sekunden fühlte es sich kaum wie fallen an, sondern eher, als würde er wie ein flacher Stein über den Rand der Welt springen.

Die übrigen Männer waren nur dunkle Schatten in der Finsternis, aber sie hatten genügend Sprünge zusammen absolviert, um genau zu wissen, dass sie in enger Formation flogen, und wenn einer von ihnen ein Problem hatte, dann konnte man daran jetzt sowieso nichts mehr ändern.

Er sah den Fallschirm der Ausrüstungsbox unter sich, zählte bis fünf, zog dann die eigene Reißleine und folgte dem anderen Schirm hinab. Es war eine mondlose und ebenso wolkenlose Nacht. Das Sternenzelt bot ihm genügend Licht, um den dunkleren Schatten der Insel zu sehen, ihren Landepunkt, der nun unter ihnen auftauchte. Er sah über das schimmernde Wasser der Bucht im Norden. Wenn dort draußen tatsächlich ein russisches Spionageboot war, dann hatte es keine Lichter an.

Aber das heißt nicht, dass sie nicht da sind.

Er blieb fast den ganzen Weg nach unten direkt über dem Fallschirm der Ausrüstung und legte danach eine perfekte Landung etwa zwanzig Meter nördlich der Box hin. Er hatte noch genügend Zeit, den Schirm einzusammeln, bevor der Wind ihn erwischen und davontragen konnte. Anschließend rannte er zur Kiste. Trotz ihres Gewichts wurde sie über die Felsen gezogen, wenn auch nur langsam. Ihre Reise wurde durch das Eis darunter noch begünstigt. Hynd landete jetzt ebenfalls in der Nähe und eilte zur Hilfe. Bis sie den Ausrüstungsfallschirm entfernt und zusammengepackt hatten, war der Rest des Teams um die Box versammelt. Alle, außer einem und Banks wusste genau, wer das war, noch bevor er sich die Gesichter angesehen hatte.

»Wo ist Nolan?«

»Ich glaube, ich hab ihn nach Westen abtreiben sehen. Ist eben Pat«, sagte Mac, »der ist nicht zu gebrauchen für so einen Absprung. Der könnte mittlerweile überall sein.«

Banks seufzte.

»Okay, Männer. Ausrüstung anlegen, bevor ihr euch die Eier abfriert. Fünf Minuten, dann gehen wir erst mal unser verlorenes Schäfchen suchen.«

Sie reisten mit kleinem Gepäck, um schneller zu sein, also waren sie rasch damit fertig, die Ausrüstung anzulegen. Kleidung für kaltes Wetter, gefütterte Parkas mit Kapuze, Wollmützen, Handschuhe und Nachtsichtbrillen. Jeder Mann hatte außerdem eine schusssichere Weste, einen Munitionsgurt, einen kleinen Rucksack, ein Gewehr und ein Messer dabei. Banks wusste, sie konnten in diesem Terrain mit voller Ausrüstung konstant sechs Meilen die Stunde zurücklegen; er hoffte nur verdammt noch mal, dass das nicht nötig werden würde.

»Mac – du übernimmst die Spitze, Briggs und McCally, ihr holt Nolans Ausrüstung – der dumme Wichser ist wahrscheinlich schon ein Eis am Stiel, bis wir bei ihm sind, aber das hat er auch verdient. Sarge – ganze Truppe Abmarsch.«

Der Boden war eisig, aber rau. Durch das tiefe Profil ihrer Stiefel rutschten sie kaum weg. Banks wurde im Parka fast sofort warm, aber er öffnete den Reißverschluss lieber nicht, denn er wusste es besser. Es war eine klare Nacht im späten Frühjahr, aber sie waren oberhalb des Polarkreises und er durfte bei diesem Wetter kein Risiko eingehen. Er folgte Mac, als der Mann aus Glasgow sie schnell nach Westen führte, wo er Nolans Fallschirm das letzte Mal gesehen hatte. Sie gingen in Richtung Meer; Banks sah es bereits vor ihnen, das Schimmern war deutlich in seinem Nachtsichtgerät zu erkennen. Er konnte nur hoffen, dass die Unfähigkeit des Iren mit einem Fallschirm umzugehen, ihn nicht im Wasser hatte landen lassen, denn wenn das der Fall war, dann war er vielleicht schon tot.

Doch Nolan war am Leben und nahezu blaugefroren, als sie ihn nach ein paar Minuten Marsch gefunden hatten, aber er schien es gar nicht zu bemerken. Seine ganze Aufmerksamkeit war von der Szenerie um ihn herum gefangen genommen. Er war am felsigen Ufer gelandet, nur wenige Meter vom Wasser entfernt. Sein Fallschirm lag noch offen und ausgebreitet hinter ihm … durchweicht, schwarz und glänzend durch die Nachtsichtbrille. Trotz der fehlenden Farbe wusste Banks aus bitterer Erfahrung, wie Blut im Nachtsichtgerät aussah, und es war eine Menge auf dem Fallschirm zu sehen.

Viel zu viel.

Banks ging schnurstracks auf den Mann zu, denn er fürchtete das Schlimmste.

»Nolan, bist du verletzt, Mann?«

Nolan antwortete nicht, selbst als Banks nachschaute, ob er verwundet war. Aber das Blut stammte nicht von dem Iren. Banks bemerkte es nach kurzer Zeit, als er auf ihre Füße sah. Sie wateten beide in nassem Schneematsch, der rot verfärbt war und als er Nolans Blickrichtung, die Küste entlang folgte, sah er schnell den Grund dafür.

Der Strand war die Heimat einer oder mehrerer Herden großer Meeressäugetiere gewesen. Wie es aussah Walrosse, angesichts des enormen Brustkorbes und der riesigen elfenbeinfarbenen Stoßzähne, die er am nächsten Kadaver entdeckte. Sie mussten einen beeindruckenden Anblick abgeliefert haben, als sie am Strand aufgereiht gewesen waren. Doch nun waren sie alle kaum mehr als ausgeweidete Kadaver. Leuchtend weiße Knochen und Fettklumpen schienen alles zu sein, was von den Tieren noch übrig war – das und das Blut, das mit der sanften Brandung im Schlick hin- und hergespült wurde.

Sein Team schwieg. Jeder Mann hatte jetzt seine Waffe in der Hand und sie hatten Position bezogen, damit das ganze Team 360 Grad um sich herum nach einem potenziellen Angreifer suchen konnte.

»Was ist das für eine Scheiße, Sarge?«, fragte Mac leise.

Sergeant Hynd brachte den Mann zum Schweigen, indem er einen Finger an die Lippen legte und ihm mit Gesten zu verstehen gab, dass er selbst nach Süden den Strand entlang gehen würde und Mac im Norden suchen sollte. Briggs und McCally befreiten Nolan von seinem Fallschirm und reichten ihm anschließend die Kaltwetter-Ausrüstung. Banks war froh, dass der Ire sich langsam von dem Schock zu erholen schien.

»Ich hab mal wieder den Landeplatz verfehlt, Cap«, sagte er leise, als er seinen gefütterten Parka anzog. »Ich hab Mist gebaut. Sorry.«

Banks klopfte dem Mann aufmunternd auf den Rücken.

»Versuch einfach dem Rest von uns zu folgen. Ich hab's dir schon hundert Mal gesagt, schau unter dich und genieß nicht die Aussicht auf dem Weg nach unten, dann lebst du auch länger. Aber wenigstens bist du nicht ins Wasser gefallen, und du bist auch immer noch in einem Stück, das ist das Wichtigste. Ganz anders als die armen Tiere hier.«

Nolans Augen waren immer noch weit aufgerissen, als er sich umsah.

»Was könnte so etwas angerichtet haben, Cap? Ein Eisbär?«

»Vielleicht«, erwiderte Banks, »wenn es drei oder vier waren. Oder, wenn sie näher am Wasser gewesen wären, hätte eine Gruppe Orcas so viel Schaden anrichten können, vermute ich.«

Aber es sah nicht wirklich so aus, wie ein Ort, an dem Raubtiere gefressen hatten, fand Banks. Die Kadaver wirkten, als hätte man sie gehäutet und geschlachtet, statt zerrissen. Vielleicht waren es Bären gewesen, aber das mussten wohl die ordentlichsten Bären gewesen sein, die er jemals im Leben gesehen hatte.

Er schob den Gedanken beiseite, denn was auch immer die Ursache dieses Gemetzels war, es war nicht der Grund, wieso sie hier waren – er konnte sich nicht vorstellen, dass es irgendetwas mit ihrer Mission zu tun haben sollte. Hynd und Mac kamen jetzt von den entgegengesetzten Enden des kleinen, felsigen Strandes zurück.

»Irgendwas gefunden?«, fragte Banks.

Hynd schüttelte den Kopf.

»Was immer das getan hat, es war nur an diesem Teil des Strandes aktiv. Es muss durch das Wasser abgehauen sein, denn es gibt keine Spuren, kein Blut oder eine Fährte in Richtung Süden.«

»Auf der anderen Seite dasselbe«, sagte Mac und wiederholte seine frühere Beobachtung. »Was zur Hölle war das, Sarge?«

Hynd sagte trocken: »Ich weiß nur eines, Mac. Es waren auf jeden Fall nicht die beschissenen Russen, denn es gibt keine leeren Wodkaflaschen hier.«

Banks sah, dass die Männer beunruhigt waren wegen des Blutbads um sie herum. Zwischen blutigen Überresten zu stehen, hatte noch niemandem gutgetan, ob es nun tierische oder die von Menschen waren. Er musste den Trupp schnellstens wieder in Bewegung setzen, bevor sie alle die Nerven verloren.

»Fokus, Männer«, sagte er deshalb. »Wir sind wegen eines Bootes voller russischer Spione hier. Wenn ihr einen Eisbären seht, habt ihr meine Erlaubnis, ihm die Eier wegzuschießen, aber wir müssen los, und zwar sofort. Nolan, bist du bereit, mein Junge?«

Der Ire streckte den Daumen in die Höhe.

»Okay, dann mal los. Mac, du bist immer noch an der Spitze. Sarge, du bildest die Nachhut. Wenn wir da runtergekommen sind, wo wir sollten, dann befindet sich eine Inuit-Siedlung zwei Meilen in Richtung Norden. Das wird unser erster Zwischenstopp.«

Bei dem kurzen Briefing, das sie auf der Basis gehabt hatten, bevor sie gegangen waren, hatte der Colonel Banks erzählt, dass sie eine undeutliche Nachricht von einer abgelegenen Siedlung auf Baffin Island erhalten hatten, die etwas von einem russischen Boot in Schwierigkeiten in der Bucht nördlich von hier berichtet hatte.

»Die Diplomaten waren den ganzen Morgen am Telefon. Wir haben darum gebeten, es uns als Erste ansehen zu dürfen, was mit ein paar Versprechen verbunden war, die den Deal versüßen sollten, damit die Politiker glücklich sind. Ihr habt also die Erlaubnis, einen Blick zu riskieren.

Wir haben allerdings keine Ahnung, wie viele Russkies an Bord sind oder wie schwer sie bewaffnet sind, also solltet ihr euch lieber anschleichen. Die Air Force in Canuck ist euer Back-up«, hatte ihm sein Vorgesetzter erklärt. »Ihr habt vierundzwanzig Stunden nach dem Absprung, um einen Bericht hierherzusenden; wenn ihr das nicht schafft, dann schicken die schweres Gerät.«

Es war keine besonders ungewöhnliche Mission. Banks und das Team hatten schon ähnliche Jobs mit kürzeren Deadlines unter schlechteren Bedingungen erledigt, aber die zerlegten und blutigen Walrossüberreste hatten ihm Schauer über Rücken gejagt. Sein normalerweise verlässlicher Instinkt sagte ihm mittlerweile, dass die Dinge vielleicht nicht so einfach lagen, wie der Colonel angedeutet hatte, oder er selbst gehofft hatte.

Die Männer dachten offenbar so ziemlich dasselbe. Sie redeten die ganze Zeit leise vor sich hin, größtenteils über die blutige Schweinerei, die sie am Strand hinter sich gelassen hatten. Nolan berichtete ständig über die Szenerie, in der er gelandet war.

»Ich dachte, ich sei aufgeschlagen, gestorben und in der Hölle gelandet«, sagte er, nachdem er zum vierten Mal in ebenso vielen Minuten seine Landung beschrieben hatte. »Es war wie ein beschissener Horrorfilm.«

»Hör auf mit dem Scheiß, du Mädchen«, entgegnete McCally entnervt. »Ich hab schon an einem Samstagabend in Inverness Schlimmeres gesehen.«

»Jo«, erwiderte Nolan todernst, »deine Mutter hat schon immer eine Schweinerei beim Essen gemacht.«

Briggs, McCally und Nolan lachten so laut, dass es weithin in der kalten Nacht zu hören war, was ihnen einen bösen Blick vom Sarge eintrug.

»Mal ein bisschen leiser, Jungs«, sagte Hynd von hinten. »Wenn der Captain recht hat, dann werden wir bald auf die Siedlung stoßen.«

Das war genug, um alle verstummen zu lassen, und sie gingen die nächste halbe Meile schweigend weiter. Das Terrain machte es leicht und der harte Schnee wurde nur gelegentlich von ein paar eisigen Felsen durchbrochen, um die sie einfach herumgehen konnten, also kamen sie schnell voran. Banks ließ die anderen anhalten, als Mac aus zehn Metern Entfernung signalisierte: *Ärger voraus.*

Banks ließ Nolan, McCally und Briggs hinter sich, während Sergeant Hynd und er schnell zu Macs Position aufschlossen und sich flach auf einen eiskalten Felsvorsprung legten. Sie ignorierten die Kälte und betrachteten aufmerksam den Anblick unter ihnen.

Eine Inuit-Siedlung stand um eine geschützte Bucht herum am Fuße des Abhangs vor ihnen – oder zumindest, das, was von der Siedlung noch übrig war. Das Dorf hatte aus etwa zwanzig entlang der Küste gebauten Gebäuden bestanden. Sechs davon waren nur noch wenig mehr als zerfetzte und zertrümmerte Holzrahmen und viele andere zeigten Zeichen eines Angriffs. Mehrere Flecken, die in den Nachtsichtbrillen schwarz aussahen, aber offensichtlich Blut waren, sah man auf dem Pfad, der zwischen den Gebäuden und dem Wasser entlang verlief. Zwei kleine Fischerboote waren in dem winzigen Hafen vertäut, eines davon hatte schwere Schlagseite und ein Loch auf der Backbordseite, das andere war beinahe komplett gesunken, nur das Steuerhaus ragte noch über das Wasser. Draußen in der Bucht, ein paar Hundert Meter vor der Küste, lag ein größeres Schiff vor Anker, doch es war zu dunkel, um feststellen zu können, woher es stammte und es waren auch keine Lichter an Bord zu sehen.

»Unsere russischen Freunde?«, fragte Hynd mit einem Flüstern.

»Ich nehme es an«, erwiderte Banks.

Er zoomte mit seinem Fernglas auf Maximum und versuchte auf diese Weise mehr Details des Schiffs zu erkennen, aber es war zu weit weg. Er wandte seine Aufmerksamkeit nun wieder dem Hafen zu und suchte die gesamte Länge der Siedlung ab. Es gab keine Spuren irgendwelcher Leichen.

Aber da ist jede Menge Blut.

Als Mac sprach, hatten weder er noch Hynd eine Antwort für ihn.

»Was zur Hölle ist hier los, Sarge?«

Sie ließen sich Zeit beim Abstieg zum Dorf und achteten dabei auf jedes Geräusch und jedes Anzeichen für eine Attacke. Sie passten auch auf, dass sie nicht selbst als Schemen vor dem Nachthimmel zu sehen waren. Aber es gab keinen Angriff. In der Siedlung unter ihnen bewegte sich nichts, abgesehen von kleinen Wellen, die auf den Kiesstrand rollten. Das einzige Geräusch war das Knirschen ihrer Füße auf dem Schnee und Macs geflüsterte Flüche, als er ausrutschte und beinahe hinfiel.

Banks behielt die Siedlung im Auge, aber je näher sie kamen, desto deutlicher wurde es, dass die Menschen hier Opfer einer katastrophalen Attacke geworden waren, genau wie die Walrosse, die sie gefunden hatten.

Ein ausgetretener Pfad aus kleinen Steinen und Kies brachte sie vom Gipfel des Hanges in weit ausladenden Schlangenlinien den ganzen Weg hinunter bis zum Ufer am südlichen Ende der Bucht.

Das Haus an diesem Ende der Stadt hatte weniger Schaden genommen als einige der anderen, aber als sie vom Hang auf den Weg am Ufer entlang traten, sahen sie, dass die Vordertür des Hauses eingeschlagen worden war. Es sah aus, als wäre ein Kleinwagen direkt hindurch gefahren, hätte die Tür zerfetzt und den Holzrahmen und die umgebende Terrasse zersplittert. Drei

Blutspuren, jede einen Meter breit im Inneren des Zimmers, bis sie im Türdurchgang zu einer wurden, führten vom Haus über den Pfad ins Meer. Sie endete direkt am Ufer. Ein Kinderstiefel schaukelte im eisigen Schneematsch der Brandung auf und ab, der zehn Zentimeter rundherum pink gefärbt war.

Banks, der seine Männer nicht bitten wollte, sich irgendetwas anzusehen, das er selbst nicht sehen wollen würde, trat auf die vordere Veranda des Hauses und näherte sich langsam der zertrümmerten Tür.

»Hallo?«, rief er und kam sich sofort dämlich vor, denn es war offensichtlich, dass niemand hier war.

Der Raum war mit Blut bespritzt, als hätte sich ein verrückter Künstler mit einem Topf roter Farbe hier ausgetobt und sie über Wände, Möbel und Teppiche gespritzt, ohne sich zurückzuhalten. Der Strom war aus, aber Banks brauchte keine Zusatzbeleuchtung, er konnte mit der Nachtsichtbrille mehr als genug erkennen. Es waren tatsächlich keine Leichen zu sehen, nur das Blut und die verschmierten Spuren, die ihm allein schon sagten, dass niemand hier überlebt hatte. Zwei der Blutspuren begannen bei einem großen Ledersofa, das vor dem Fernseher stand und der Boden hier war sogar noch dunkler. Das Sofa war an einigen Stellen zerfetzt, wie von Messern oder Klauen. Die dritte Blutspur, die schmaler war als die beiden anderen, führte von einem umgeworfenen Bettchen in der Ecke weg.

Einem Kinderbett.

Er konnte die gesamte Szene vor seinem geistigen Auge nachstellen, abgesehen davon, dass er sich nicht vorstellen konnte, welche Bestie in der Lage war, ein solches Blutbad anzurichten, ohne eine einzige Spur von sich selbst zu hinterlassen.

»Verflucht ordentliche Bären«, murmelte er leise, als er hinausging und sich wieder seinen Männern anschloss.

Hynd und Mac untersuchten bereits das nächste Haus, aber das hatte ganz offensichtlich dasselbe Schicksal erlitten. Es gab weitere Hinweise auf eine brutale, direkte Attacke und blutige Schleifspuren, dieses Mal zwei, die zur Wasserkante führten, wo ein paar zerrissene, blutige Kleidungsfetzen von denjenigen übrig geblieben waren, die man weggezerrt hatte. Hynd sah nach hinten zu Banks und schüttelte den Kopf. Er musste nichts sagen. Hier würden sie genauso wenig jemanden lebend antreffen.

»Cap? Was soll diese Scheiße?«, fragte Nolan und Banks hörte das Zittern in der Stimme des Mannes.

Er hatte gesehen, wie Pat Nolan allein die Attacke einer Gruppe mörderischer Bergbewohner in Afghanistan abgewehrt hatte, ohne mit der Wimper zu zucken, aber jetzt war er blass und zitterte wie ein verängstigter Junge.

»Ich weiß, Kumpel«, sagte Banks leise. »Das ist echt übel. Aber das war ein Angriff von irgendeinem Tier … muss es einfach gewesen sein.« Er tätschelte Nolans Gewehr. »Richte das einfach auf alles, was auftaucht und schieß, bis es wieder verschwindet.«

Nolan brachte ein dünnes Lächeln zustande, während Hynd und Mac zurückkamen und sich ihnen anschlossen.

»Was zur Hölle geht hier vor?«, fragte Hynd, aber Banks hatte keine Antwort, die über das hinausging, was sowieso jeder sehen konnte.

»Zuerst ein russisches Boot, das in Schwierigkeiten steckt und nun das üble Gemetzel hier? Ich weiß es nicht. Ich hab zuerst gedacht, dass die Walrosse das Opfer einer wahllosen Attacke eines Tieres geworden sind, aber ich glaube nicht an solche Zufälle. Haltet die Augen offen, Jungs. Das könnte echt übel werden.«

Die nächsten zwei Häuser an der Küste waren genau wie die ersten: Kaputte Türen, kein Strom und blutige Schleifspuren als einziger Hinweis, auf das, was passiert war. Sie fanden keine Anzeichen einer Schießerei, und auch wenn Banks den Boden nach Spuren absuchte, besonders nach Stiefelspuren der russischen Armee, fand er nur verwirrende Kratzer und Spuren, fast wie von einem Vogel, andere sahen eher wie tiefe Scharten aus, die vielleicht von Klauen verursacht worden waren. Er hatte fast schon einen Angriff durch ein Tier zugunsten einer russischen Geheimmission, die schiefgelaufen war, ausgeschlossen, doch als er diese Spuren sah, war er sich plötzlich nicht mehr so sicher.

Bis sie am fünften Haus angekommen waren, war offensichtlich, dass die gesamte Siedlung dasselbe Schicksal ereilt hatte, auch wenn es hier zum ersten Mal Spuren von Gewehrfeuer gab, das aber aus dem Haus selbst gekommen zu sein schien. Der Besitzer hatte offenbar eine Schrotflinte gehabt, eine große, wenn man von der Streuung ausging. Aber falls er irgendetwas getroffen hatte, gab es keine Anzeichen von vergossenem Blut, außer seinem eigenen. Dieses Mal musste Banks eine Menge Hinweise analysieren, auch wenn er sich keinen Reim darauf machen konnte.

Der Angreifer hatte sein Opfer weggeschleift, denn der dicke Mann lag im Eingang, Fetzen von Kleidung und Fleisch wie eine Decke unter ihm verteilt. Von seinen Beinen war nichts mehr übrig, außer Knochen und Fettgewebe – *scheint ein begeisterter Fleischfresser zu sein* – sein Schritt und der Bauch waren aufgerissen, die Rippen aufgebogen, als wären sie explodiert, Innereien, Herz und Lunge waren entnommen worden, genauso säuberlich, wie die Muskeln der Oberschenkel, beinahe mit chirurgischer Präzision. Alles, was die Attacke übrig gelassen hatte, war das Gesicht. Der Mund in einem nie endenden Schrei geöffnet. Die Augen, blutrot, schienen fast aus den Höhlen zu treten.

Banks trat näher, um sich die Wunden genauer ansehen zu können, und er wünschte sich, er hätte sich bei den Walrossen ebenso die Zeit genommen. Die langen Oberschenkelknochen waren zerkratzt und fast zerfetzt, so als wäre das Fleisch grob abgerissen worden. Nachdem er genauer hingesehen hatte, wusste er auch wieder, woran ihn dieser Anblick erinnerte – an Leichen, die er im Himalaja gesehen hatte, von Priestern, die man unter freiem Himmel in einer Himmelsbeerdigung für die Krähen und Geier abgelegt hatte. Die abgeschlachtete Leiche zu seinen Füßen sah sehr ähnlich aus, wenn man betrachtete, was davon übrig war … ein Aasfresser hatte sich daran gelabt, oder eher mehrere.

»Mein Wissen über die Gegend hier ist lückenhaft, Cap«, sagte Hynd leise, »aber ich kann mich nicht an irgendein Wildtier erinnern, dass auf dieses Weise angreift oder frisst.«

Banks stand auf und vermied es dabei, in irgendwelche blutigen Überreste zu treten. Er schüttelte den Kopf.

»Ich auch nicht. Aber was immer es ist, wir können keine Zeit damit verschwenden, danach zu suchen, denn wir stehen unter Zeitdruck. Wir sollten uns schnellstens zu dem russischen Boot aufmachen und genau unter die Lupe nehmen, was es dort zu sehen gibt.«

Der kleine Hafen in der Mitte des Dorfes war so still, wie der Rest der Siedlung und keines der beiden Boote, die an dem kurzen Kai festgemacht waren, würden noch weit kommen, außer auf den Grund des Hafens. Sie hatten beide Löcher auf Höhe der Wasserlinie, und das Holz war zersplittert, als wären sie von außen aufgerissen worden.

Banks ließ den Blick über das finstere Wasser schweifen, das zwischen ihnen und dem russischen Schiff lag. Im Mittelmeer hätte man die kurze Entfernung einfach schwimmen können, doch hier wäre es Selbstmord; der sichere Tod innerhalb von Minuten im eiskalten Wasser.

»Plan B«, sagte Banks. »Das ist ein Fischerdorf und es gibt hier bestimmt irgendwo noch andere Boote oder Schlauchboote. Wir müssen eines finden, und zwar schnell. Zwei Teams; Sarge, du nimmst McCally und Briggs mit und siehst dir die Rückseite der Gebäude an, an denen wir vorbeigekommen sind. Checkt die Schuppen, Ladeflächen von Pick-ups, Wohnwagen ... alles, wo man ein Boot oder Gummiboot finden könnte. Nolan, du bleibst bei Mac und mir. Wir treffen uns in zwanzig Minuten wieder hier.«

»Und was geschieht, wenn wir kein Boot finden?«, fragte Mac.

Banks lächelte finster.

»Dann höhlen wir deine Wampe aus und benutzen dich als beschissenes Kanu.«

Banks machte sich schnell in Richtung Norden auf, Nolan und Mac waren direkt hinter ihm. Das erste Gebäude, das sie inspizierten, stand gegenüber dem Kai auf der anderen Seite der Uferstraße. Es war das örtliche Postbüro. Im Gegensatz zu den übrigen Häusern sah es so aus, als hätte es alle Attacken schadlos überstanden. Banks sah, dass es ein Betonfundament hatte und Ziegelmauern, außerdem eine Eingangstür, die aussah, als würde sie einiges aushalten; Stahl und Glas, mindestens zwei Zentimeter dick. Was immer die Siedlung attackiert hatte, hatte sich offensichtlich über die leichteren Opfer in den Holzhäusern auf beiden Seiten hergemacht.

Er klopfte laut an die abgeschlossene Tür, aber alles war ruhig und im Inneren war es finster. Wie bei den anderen Gebäuden war kein Licht zu sehen, falls es überhaupt noch Elektrizität gab. Entweder waren die Ortsansässigen nicht darauf gekommen, hier Zuflucht zu suchen, oder – und das war wahrscheinlicher angesichts dessen, was sie bisher gesehen hatten – den Leuten war keine Zeit geblieben. Auf jeden Fall würden sie in einem Postamt wohl eher kein Boot finden.

Sie umrundeten das Gebäude dennoch und Mac übernahm dieses Mal die Führung. Auf einem kleinen, gepflasterten Platz hinter dem Haus waren drei Schneemobile ordentlich in einer Reihe geparkt. Er machte sich eine geistige Notiz, denn die Fahrzeuge könnten nützlich sein, wenn sie zu irgendeinem Zeitpunkt über Land fliehen mussten … aber wie Banks vermutet hatte, gab es keine Anzeichen eines Bootes.

Banks sah die anderen drei Männer in südlicher Richtung im Hinterhof eines der Häuser. Sie schienen auch nicht viel Glück zu haben. Er führte Nolan und Mac zur Vorderseite des Gebäudes und sie gingen gemeinsam weiter nach Norden. Die Zeit verflog; wenn sie nicht bald etwas fanden, womit man zum russischen Boot übersetzen konnte, dann musste er möglicherweise die Mission abbrechen. Es wäre für ihn und sein Team allerdings das erste Mal und ein Schritt, den er nicht bereit war, zu gehen.

»Legt mal einen Zahn zu, Leute«, sagte er und joggte – rannte fast – zum nächsten Haus an der Küste. Dieses sah vielversprechender aus. Es war ein großes Grundstück, ein Stück vom Wasser entfernt. An einer Seite war eine Doppelgarage, die sich, wenn sie Glück hatten, als Bootsschuppen erweisen könnte. Doch als sie von der Küstenstraße in die kurze Einfahrt einbogen, wurden Banks' Hoffnungen sofort zunichtegemacht. Eine der Garagentüren war aufgerissen worden und hing zersplittert und schief in den Angeln. Es war tatsächlich ein Boot darin gewesen, ein drei Meter langes Zodiac-Schlauchboot. Genau wie die Boote im Hafen war auch dieses nicht mehr zu gebrauchen. Das Gummi war aufgeschlitzt, zerrissen und zerfetzt worden. Stücke davon lagen auf zwei weiteren Leichen verteilt. Eine Frau und ein Kind, das sie offensichtlich hatte beschützen wollen. Der Rücken der Frau war aufgeschlitzt, man konnte sogar das Rückgrat sehen. Das Mädchen unter ihr hatte weniger Verletzungen, aber an ihren Beinen war kein Fleisch mehr zu finden und die Knochen sahen in Banks' Nachtsichtgerät irgendwie zu weiß aus. Nolan hinter ihm würgte. Banks drehte sich um und wollte ihm gerade sagen, er solle das draußen machen, aber dazu kam er nicht.

Sie hörten es alle gleichzeitig, ein kratzendes, schwaches Geräusch aus der anderen Ecke hinter dem Schlauchboot. Mac und Nolan bewegten sich darauf zu, ohne dass man es ihnen sagen musste. Mac umrundete vorsichtig das Boot, während Nolan sich Banks anschloss, um direkt auf die Geräuschquelle zuzugehen.

Das Erste, was Banks sah, war ein Mann, der auf dem Boden lag und dessen Bein wie in Todeszuckungen zappelte.

Wir haben einen Überlebenden!

Dann machte er einen Schritt nach vorne und sah, was an der Leiche fraß und dafür sorgte, dass das Bein zuckte.

Drei davon ... zuerst dachte Banks, es seien ... ein surrealer Gedanke ... Gürteltiere, denn sie hatten denselben gepanzerten Look, aber diese Biester waren flacher, ovaler und wirkten eher wie Krustentiere als Säugetiere. Sie hatten breite, platte Schwänze, die auf den Garagenboden klopften, während sie fraßen. Je länger er sie ansah, desto mehr erinnerten sie ihn an die Kellerasseln, die ihr Haus heimgesucht hatten, als er noch ein Kind gewesen war. Aber diese hier würde er nicht zwischen Daumen und Zeigefinger zerquetschen können. Die Biester, die sich gerade an den Innereien des toten Mannes labten, waren über einen halben Meter lang. Sie bewegten sich sehr effizient, die klauenartigen Haken an den Füßen fetzten das Fleisch in Streifen, führten es dann an das gierige Maul, das erneut daran riss, bevor es kaute. Dabei machten sie Geräusche, die ekelhaft danach klangen, als würden sie ihr Mahl genießen.

Banks sah, wie Mac jetzt mit erhobener Waffe auf der anderen Seite der Leiche ankam. Er bewegte den Zeigefinger langsam hin und her – nicht schießen – denn er wollte nicht, dass man ihre Position bestimmen konnte. Aber Nolan, der neben Banks war, sah das Signal entweder nicht oder er war zu gefangen in seinem Ekel, um zu gehorchen. Auf jeden Fall hob er die Waffe und jagte schnell hintereinander drei Kugeln in den Körper des Monsters, das ihm am nächsten war. Die Schüsse waren in der Garage nahezu ohrenbetäubend, und als wäre es ein Signal gewesen, drehten sich nun alle drei Kreaturen zu ihnen um, auch diejenige, die Nolan eindeutig getroffen hatte, und griffen den Iren gleichzeitig an.

Nolan tänzelte nach hinten, die Waffe immer noch erhoben, aber die Dinger waren einfach zu schnell für ihn und erreichten seine Knöchel. Sie klettern über seine Beine, bevor er sich überhaupt bewegen konnte. Er schrie, als Fetzen aus der Hose und dann Haut von den Schienbeinen gerissen wurde.

»Zurück, Cap«, brüllte Mac und machte einen Schritt nach vorne. Er trat eines der Biester gegen die Wand, wo Banks es erledigen konnte. Nicht einfach, denn es brauchte drei Salven – neun Kugeln – bevor es endlich stilllag. Er drehte sich um und sah, wie Nolan versuchte, eines der verbliebenen zwei Wesen von seinem Gesicht fernzuhalten, während die Beine des Viehs an seiner schusssicheren Weste zerrten, die sich unter dem Parka befand, und versuchten an die weichen Teile heranzukommen.

Mac erledigte das zweite mit drei Salven aus seiner eigenen Waffe, dann waren Banks und er endlich an Nolans Seite und versuchten das dritte von dem Iren wegzuzerren. Doch das Biest wehrte sich wie wahnsinnig, die Beine schlitzten und rissen. Nolan brüllte in Panik, und Entendaunen und Nylonfetzen segelten um ihn herum zu Boden. Endlich bekamen Banks und Mac es zu fassen, auch wenn Mac dabei einen Schnitt über die Rückseite des Handschuhs einstecken musste.

»Auf drei in die Ecke da«, schrie Banks und bei drei warfen sie das Biest gemeinsam von sich. Es versuchte sofort wieder an sie heranzukommen, aber bis dahin hatten alle drei Männer ihre Waffen erhoben und waren schussbereit. Die Kreatur zerplatzte im ohrenbetäubenden Lärm des Gewehrfeuers und es blieb nur noch ein Schmierfleck an der Wand und ein Klingeln in Banks Ohren zurück, das eine ganze Weile brauchen würde, um abzuklingen.

Blut strömte unter den zerrissenen Fetzen von Nolans Hose hervor und der Ire war blass im Gesicht, nahezu aschfahl, doch seine Stimme war kräftig, als er sich auf die Beine kämpfte und sagte: »Ich brauche da vielleicht mal ein bisschen Hilfe, Cap.«

»Ich hab Verbandsmaterial im Rucksack«, meinte Mac, aber er hatte keine Zeit, es zu suchen, denn von draußen hörte man nun weiteres Schnellfeuer.

»Ich bin gleich bei euch«, sagte Nolan und alle drei verließen im Laufschritt die Garage.

Sie kamen jedoch nur bis an die Küstenstraße, als sie die anderen aus südlicher Richtung auf sich zu rennen sahen.

»Wir brauchen mehr Deckung, Cap, und zwar schnell«, sagte Hynd.

Banks sah dem Mann über die linke Schulter und verstand sofort, was er damit meinte. Der Strand bewegte sich, als wären die Felsen selbst zum Leben erwacht, als dieselben Biester, die sie getötet hatten, Hunderte davon, hoch- und aus dem Wasser sprangen.

»Das Postamt«, rief Banks. »Das ist unsere einzige Chance.«

Sie zogen sich zurück, während der Schwarm schnell näherkam.

2

Rika Svetlanova stellte die Büchse mit den Keksen weg und stand still. Sie lauschte, denn sie war sich sicher, dass sie in der Ferne etwas gehört hatte.

Ein Motor?

Hoffentlich war es ein Motor.

Aber das Geräusch wiederholte sich nicht und sie hatte trotz der zunehmenden Kälte nicht vor, die Sicherheit der Vorratskammer zu verlassen.

Sie zog die Jacke enger um sich, dankbar, dass sie ihre Outdoor-Kleidung getragen hatte, als sie hatte wegrennen müssen. Sie war nun schon zwei Tage hier, wenn ihre Armbanduhr richtig ging und sie hatte keine anderen Stimmen gehört und hatte mit niemandem geredet. Ihrem Handy war schon vor Stunden der Saft ausgegangen, auch wenn die Chance gering war, hier unten ein Signal zu empfangen, in der Mitte der vielen Lagen aus

Stahl. Doch sie hatte nicht vor, den Raum zu verlassen und nach Gesellschaft zu suchen.

Denn es war nicht sicher.

Es war vielleicht nie mehr sicher.

Das Boot schaukelte unter ihr sanft hin und her. Soweit sie wusste, waren sie immer noch im Hafen vor Anker, neben der Bohrinsel festgemacht. Der Antrieb war aus, denn sonst hätte sie das Dröhnen des Motors unter den Füßen gespürt und den Trommelrhythmus der Turbinen. Stattdessen spürte sie nur das sanfte Schaukeln, das sie fast hatte einschlafen lassen.

Fast.

Sie hatte ein wenig Licht, also funktionierte eine Reservebatterie irgendwo noch, aber die Glühbirne über ihr war in den letzten Stunden beträchtlich schwächer geworden. Nicht mehr lange und sie würde in vollkommener Finsternis dasitzen.

Sie war nun schon über achtundvierzig Stunden wach und bereits mehrmals eingenickt, doch sie schreckte immer wieder auf, wenn ihr Kopf auf die Brust sank. Ein kompletter Nachtschlaf musste noch eine ganze Weile warten, und bis sie wieder ruhig durchschlafen konnte, würde es sicher noch länger dauern, denn sie hatte in den letzten Tagen viel zu viel gesehen, um je wieder fest schlafen zu können.

Vielleicht schlafe ich, wenn ich nach Moskau zurückkehre … mein eigenes Bett, ein gutes Essen und ein paar große Gläser Wodka wären nicht übel.

Sie lachte bei dem Gedanken daran. Angesichts der Umstände für die Zukunft zu planen, war keine gute Idee. Sie befand sich gerade wenigstens im Hauptvorratsraum des Schiffes, hatte genug zu essen und zu trinken und es kam Luft herein, auch wenn diese manchmal nach Tod stank, konnte man sie atmen. Aber sich aus der Tür zu bewegen konnte für sie schnell den Tod bedeuten und sie wusste nicht, wie lange sie standhaft genug bleiben konnte, um sie nicht zu öffnen.

Denn irgendwann würde sie hier durchdrehen, wenn sie weiterhin nichts zu tun hatte.

Wenn ich nicht von hier verschwinden kann, dann kann ich vielleicht wenigstens einen Bericht anfertigen. Der könnte für irgendjemanden in den nächsten Wochen hilfreich sein.

Sie sah sich das Diktiergerät genauer an und überprüfte, ob die Batterien noch genug Saft hatten, dann begann sie zu reden.

Ich habe beschlossen, die Geschichte unseres Scheiterns zu erzählen, in der Hoffnung, jemand, der darüber stolpert, macht nicht dieselben Fehler, die wir gemacht haben.

Fehler, die uns alle umgebracht haben ... oder sogar Schlimmeres.

Wir sind im späten Frühjahr hier angekommen. Ich weiß, wir sollten überhaupt nicht in kanadischen Gewässern sein, aber es steht zu viel auf dem Spiel, um den Reichtum zu ignorieren, der zum Greifen nahe ist und vom wärmeren Wasser der Arktis gefördert wird. Irgendjemand wird den Reichtum ernten, der hier liegt und der bisher noch unerschlossen ist. Wenn wir es nicht machen, dann tut es ein anderes Land und die Amerikaner sind genauso ignorant, wenn es um diplomatische Nettigkeiten geht, wie wir. Wir haben also den Polarkreis überquert, um es zu versuchen.

Wir sind mehrere Wochen die Küste auf- und abgefahren und haben seismische Tests durchgeführt, bevor wir uns den besten Ort zum Bohren ausgesucht haben. In der Woche, in der die Bohrausrüstung an Ort und Stelle gebracht und für den Einsatz vorbereitet wurde, war es sehr langweilig und ich habe mehr Wodka getrunken, als ratsam für mich war. Dafür habe ich mit grässlichen Katern und Seekrankheit bezahlt, die mich eine ganze Weile außer Gefecht gesetzt haben. Aber schließlich war alles erledigt und wir konnten endlich bohren.

Mein Job als leitende Wissenschaftlerin war es, ein Auge auf die Sedimente zu haben, die wir hochgeholt haben und sie auf ihren Wert hin zu überprüfen. Wie sich zeigte, hatte ich mehr zu tun, als mir lieb war. Der Bohrer arbeitete meistens sehr zuverlässig, aber das Sediment, und dann der Fels, durch den wir bohrten, variierte sehr in seiner Porosität und Dichte, also wussten wir von Tag zu Tag nie, wie tief wir kommen würden oder auf was wir dabei genau stoßen würden.

Ich verbrachte meine Zeit auf der Bohrinsel in der Nähe des Bohrgestänges und versuchte sicherzustellen, dass alles glattlief. Die Abende verbrachte ich in der Messe mit einer nicht enden wollenden Prozession an Wodkagläsern und einer Marlboro nach der anderen.

Als mir der Schnaps ausging, ging ich dazu über, mich vom Captain im Schach schlagen zu lassen. Der kleine Mann aus Murmansk war ruhig, hatte aber einen Verstand wie ein stählernes Fangeisen und spielte dementsprechend. Ich zwang ihn ein paar Mal ins Remis, aber weiter kam ich nicht. Wir redeten über wenig, außer das Spiel und das Bohren, aber er war dennoch eine angenehme Gesellschaft. Ich werde ihn vermissen.

Anfang Mai feierten wir, als wir endlich ein Ölfeld trafen und ich fürchte, ich erlag erneut den Verlockungen des Wodkas. Ich stolperte zu meiner Koje und fiel in ein tiefes Loch. Ich wachte mit furchtbaren Kopfschmerzen auf, was noch durch das laute Klingeln eines Alarms verstärkt wurde und das unablässige Tuten des Nebelhorns, obwohl helles

Sonnenlicht durch das Bullauge über meiner Koje in meine Augen stach.

Ich ging auf das Hauptdeck und stolperte mitten hinein in ein Szenario, das beinahe komisch wirkte, so chaotisch war es.

Stefan der Koch, stand auf dem Seitendeck und schlug mit einer Bratpfanne auf etwas an seinen Füßen ein, wieder und wieder, bis es nur noch ein Haufen Matsch war, was immer es auch gewesen sein mochte. An anderer Stelle trampelten die Mitglieder der Crew auf dem Boden herum und schrien in einer Art makabrem, schlecht choreografierten Tanz. Erst als ich sah, womit es der Kapitän zu tun hatte, wurde mir klar, dass es hier nichts zum Lachen gab.

Zuerst sah es aus wie Pfeilschwanzkrebse; sie hatten etwa dieselbe ovale Form wie eine Servierplatte. Aber diese hatten Klauen unter der Schale, Krallen an den Beinen und scharfe Beißwerkzeuge. Lange Antennen peitschten durch die Luft, als würden sie damit schmecken und ein gedrungener, stummeliger, rechteckiger Schwanz ragte nach oben und half ihnen, die Balance zu halten, während sie über das Deck krabbelten. Als einer stehen blieb, den Kopf hob, und schnupperte, konnte ich ihn identifizieren. Ich hatte so etwas schon in Büchern und im Internet gesehen, aber das war mein erstes Zusammentreffen im richtigen Leben mit dieser Spezies.

Es war ein Isopode, Bathynomus Giganteus, ein fleischfressender Meeresbodenbewohner.

Sie waren jetzt allerdings nicht mehr in der Nähe des Meeresbodens. Sie schwärmten über das ganze Deck aus. Der gerade mit den Fühlern geschnuppert hatte, drehte sich auf den, unter dem Panzer verborgenen Beinen um und rannte jetzt direkt auf mich zu. Ich überlegte nicht länger, sondern machte sofort einen Schritt nach vorn und trat hart dagegen, sodass er über das gesamte Seitendeck flog.

»Ich brauche hier Hilfe«, rief der Captain. Er war momentan am Haupteingang des Deckaufbaus und versuchte ihn zu schließen, während zig Isopoden darauf zu drängten. Drei Maate folgten gemeinsam mit mir dem Befehl und wir taten, was wir konnten, um ihm zur Hilfe zu eilen. Wir traten und stampften und hinterließen dabei Spuren aus Matsch und Schleim.

Der Mann neben mir bückte sich und versuchte eines der Dinger mit der Hand aufzuheben, doch es griff ihn sofort an und zerfleischte zwei seiner Finger bis auf die Knochen mit seinen groben Beißwerkzeugen. Wir trampelten immer wilder auf ihnen herum, trotzdem drohte die schiere Anzahl dieser Dinger, uns zu überwältigen. Der Lärm der Klauen auf dem Stahlblech des Decks hörte sich an wie zerreißendes Metall und das Getrappel ihrer Beine, während sie herumrasten, war wie Feuer aus einem Sturmgewehr. Überall, wo ich hinschaute, waren noch mehr von ihnen und schließlich entdeckte ich die Quelle. Sie kamen den Bohrschacht hoch und über die Landungsstege der Bohrstation. Wie eine Welle trafen sie auf das Deck.

Ich vermutete, dass wir eine Kolonie von ihnen auf dem Meeresboden gestört hatten, genug, um sie neugierig zu machen … oder hungrig. Ich wollte lieber nicht genauer darüber nachdenken.

Ich trat und stampfte. Hinter mir schrie jetzt einer der Besatzungsmitglieder schmerzerfüllt auf und bückte sich, um nach dem zu schnappen, was seinen Knöchel attackiert hatte. Doch sofort krabbelten drei der Dinger seine Arme hoch und über seinen Körper. Ich sah, wie sein linkes Ohr abgerissen wurde, dann fiel er hin und war sofort in einer wogenden, krabbelnden Masse von Isopoden verschwunden, die sich alle gierig auf ihn stürzten und ihm das Fleisch von den Knochen rissen. Seine Schreie waren furchtbar, dauerten aber zum Glück nicht lange an.

Wir hatten den Kapitän an der Tür zum Aufbau jetzt beinahe erreicht. Er versuchte immer noch energisch die angreifenden Isopoden mit einem langen Brecheisen zurückzudrängen, mit dem er wie mit einem Schwert Schneisen durch die Biester hieb. Wir vier, die noch übrig waren, schafften es, die Tür freizumachen, retteten uns dahinter und schlugen sie anschließend mit einem lauten Knall zu.

Wir hasteten jetzt die Treppe zur Brücke hoch, wo wir einen Moment lang herumstanden, uns ansahen und uns fragten, was zur Hölle da gerade passiert war. Auf dem ganzen Deck schwärmten diese Biester herum. Sie krabbelten und krochen übereinander, während sie eifrig nach Nahrung suchten. Ich sah jetzt niemanden mehr von der Mannschaft. Ich hoffte, dass die meisten es wie wir geschafft hatten, sich in Sicherheit zu bringen. Zumindest waren die Ladeluken geschlossen. Ich konnte nur hoffen, dass alle verbliebenen Zugänge unter Deck genauso fest geschlossen waren, denn der Gedanke daran, dass diese Dinger in den Korridoren und Kabinen herumwuselten und fraßen, war einfach unerträglich.

»Und was jetzt?«, fragte eines der Crewmitglieder, der bei uns war. Mir wurde klar, dass die Frage an den Kapitän gerichtet war.

»Jetzt entfernen wir diese Mistviecher von meinem verdammten Schiff«, sagte er und sein Gesicht wirkte dabei grimmig entschlossen. »Brutale Gewalt funktioniert anscheinend, aber wir sollten etwas probieren, das ein wenig schneller ist. Holt das Kerosin. Wir verbrennen diese Bastarde.«

So begann der längste Tag meines Lebens. Der Kapitän schickte Teams los, die auf dem ganzen Boot nur eine Aufgabe erfüllen sollten … alle Isopoden an Bord finden und sie mit egal welchem Mittel entfernen. Wie sich herausstellte, war Feuer verdammt effektiv und die Dinger jagten in Windeseile davon, um sich vor den Flammen zu verstecken. Wir konnten große Mengen von ihnen in den Frachtraum treiben, wo sie dann verbrannten; schmurgelnd und platzend wie hastig gebratener Speck. Ich hatte damit gerechnet, dass sie wie gegrillte Meeresfrüchte riechen würden, aber ich hatte mich gewaltig getäuscht. Der Gestank, den sie verbreiteten, war beißend, wie verbrannter Essig und sie verkohlten, nicht wie gebratenes Krabbenfleisch, sondern zu einem grünen, öligen Matsch, der sogar noch schlimmer roch.

Aber unsere Taktik funktionierte.

Während ich mithalf, zehn weitere Isopoden in die dunkle Öffnung des Frachtraums zu treiben, sah ich zum ersten Mal die Lumineszenz. Es war nur ein schwaches, blaues Leuchten, denn das helle Sonnenlicht kam durch die offenen Türen des Frachtraums und überstrahlte den Effekt. Aber jetzt, wo ich es einmal gesehen hatte, bemerkte ich es auch in anderen dunklen Ecken, wo wir die Biester aufstöberten. Ich wusste sofort, was ich da sah. Das Licht, das sie nutzten, um in den Tiefen zu jagen, verriet sie hier auf dem Schiff.

Als der Tag sich dem Ende zuneigte, die Sonne sich am Himmel weiterbewegte und längere Schatten in Korridore und Laderäume warf, sah ich das Leuchten immer stärker und damit verbunden, hörte man jetzt auch ein hohes, fiependes Brummen. Ich musste näher an eines der Dinger herangehen, um zu sehen, was die Ursache dafür war. Es rieb seine größten Beine zusammen, schnell und energisch und sendete dabei offenbar wie eine Grille eine Nachricht, die nur die anderen Isopoden verstehen konnten. Aber als ich es näher inspizierte, offenbarte sich mir auch etwas anderes und es war etwas, das man unbedingt näher untersuchen sollte. Ich wollte diese Information zuerst mit niemandem teilen, aber wenn es stimmte, dann steckten wir in wesentlich schlimmeren Schwierigkeiten als gedacht.

Sehr zum Missfallen des Kapitäns bestand ich darauf, eines der Dinger lebend zu fangen, um es studieren zu können. Wir fingen schließlich eines in einem stabilen Fischernetz und ich ließ es zum Labor über dem Bohrloch auf der Station bringen. Ich hatte allerdings keine Zeit, es mir anzusehen, denn das Schiff war noch längst nicht von den Dingern befreit und es dauerte noch mehrere anstrengende Stunden, bis der Kapitän schließlich verkündete, zufrieden zu sein.

Das Letzte, was wir an diesem langen Tag taten, war, raus auf die Bohrstation zu gehen und Kerosin über das Bohrgestänge und in den Bohrschacht zu schütten und es anschließend anzuzünden. Ich hörte das hohe Pfeifen jetzt nicht mehr, aber ich sah, wie mehrere kleine Körper brennend in die See fielen, tief unter dem Hauptteil des Bohrturmes. Als die Nacht hereinbrach, suchten wir das Schiff nach weiteren leuchtenden Stellen ab, aber wir fanden keine. Der Job war offenbar endlich erledigt.

Der Kapitän ließ jedoch eine Wache auf dem Bohrturm, nur für alle Fälle, und ich schleppte mich müde in meine Koje, wo ich, komplett angezogen in eine willkommene Bewusstlosigkeit fiel, die ausnahmsweise keinerlei Wodka erforderte.

Erneut wurde ich schroff geweckt, auch wenn es dieses Mal noch dunkel vor dem Bullauge war. Es war der Kapitän höchstpersönlich, der an meiner Schulter rüttelte.

»Wir haben eines übersehen«, sagte er, als ich benommen aufstand.

»Ist es noch am Leben?«

»Nicht mehr. Aber Sie sollten es sich dennoch ansehen, und wir müssen außerdem über etwas reden.«

Er führte mich zur Kombüse und durch den kleineren Kühlraum am Ende. Es sah aus, als wäre ein Wirbelwind hindurchgefahren … gefrorenes Fleisch, teilweise gegessen, war überall verstreut. Aber deswegen hatte er mich nicht hergebracht. Die Reste eines der Isopoden waren auf dem Boden zu Matsch zerquetscht, wenige Zentimeter von dort entfernt, wo er offensichtlich hereingekommen war. Es war ein Loch in der Metalltür des Lagerraums, entweder hineingekratzt oder gefressen. Ein Loch, das etwa die Breite und Höhe eines Isopoden hatte.

Wir überließen es den Köchen, die Unordnung zu beseitigen, und gingen in die Kabine des Kapitäns, wo er, ohne zu fragen, für jeden drei Fingerbreit Wodka einschenkte, die wir so schnell tranken, dass ich nicht einmal eine Zigarette anzünden konnte, bevor er noch einen eingeschenkt hatte.

»Erzählen Sie mir noch mal von der Diskontinuität«, sagte er schließlich, nachdem wir beide eine Zigarette angezündet hatten.

Wir hatten schon vorher kurz über diese Theorie geredet, also war mir klar, dass es wenig gab, was er nicht bereits wusste, aber es war ebenso offensichtlich, dass er reden wollte. Dass die Isopoden in solchen Massen erschienen waren, und der daraus resultierende Tod des Besatzungsmitglieds, hatte uns alle aufgewühlt. Also erklärte ich es ihm noch einmal, während wir die Flasche leerten. Ich erzählte, wie unsere russischen Wissenschaftler eine anomale Schicht zwischen Mantel und Erdkruste entdeckt hatten, wo sich Schallwellen unterschiedlich verhielten und die Theorien darüber, was das verursachen konnte, von einer porösen Gesteinsschicht zu großen Ölvorkommen oder vielleicht sogar eine Schicht aus flüssigem Metall.

Zuerst dachte ich, dass er vielleicht gar nicht auf meinen Bericht reagierte, aber dann stellte ich fest, dass er sich durchaus Gedanken gemacht hatte, und dass diese in eine Richtung führten, auf die ich selbst gar nicht gekommen wäre.

»Diese Dinger, die Isopoden, wie Sie sie nennen – Sie sagen, die leben auf dem Grund, dem Meeresboden?«

Ich nickte, auch wenn ich nicht wusste, worauf er hinauswollte.

»Aber sie kamen erst den Schacht hoch, als wir auf Öl gestoßen sind und durch eine andere Schicht gebohrt haben. Ich habe mir gedacht, was ist, wenn sie in Wirklichkeit von dort gekommen sind und nicht vom Meeresboden? Sie haben gesehen, wie es sich durch die Metalltür gefressen hat. Was, wenn das die Diskontinuität verursacht? Was, wenn es diese Dinger da unten sind, die sich durch Fels und Sediment und was immer sie sonst noch finden, hindurchfressen? Sie sind auf jeden Fall gefräßig genug dafür.«

Ich hätte fast gelacht, dann sah ich, dass es ihm todernst war, also zog ich lange an der Zigarette, bevor ich antwortete, und versuchte mir eine Antwort einfallen zu lassen, die nicht herablassend klang. Ich schüttelte den Kopf.

»Die Unterschiede in Druck und Temperatur wären zu groß in dieser Tiefe, als das irgendein Wesen überleben könnte, mal ganz davon abgesehen, dass sie in solchen Mengen gedeihen. Das ist unmöglich …«

»Es ist auch unmöglich, dass sich eines davon durch eine Metalltür frisst, und doch haben sie es getan.« Er gab mir keine Zeit, zu antworten. »Wenn sie am Meeresgrund leben und wir sie gestört haben, wieso sind sie dann nicht hochgekommen, als wir anfingen zu bohren und nicht erst, als wir so weit unter dem Meeresboden waren?«

Seine Frage erinnerte mich an etwas, das ich ganz vergessen hatte – der Grund, wieso ich überhaupt ein lebendes Exemplar hatte haben wollen.

»Ich habe noch keine Antworten für Sie. Aber vielleicht können wir etwas von dem Tier erfahren, das wir lebend gefangen haben.«

Wir gingen an Deck und auf den Bohrturm und dann zu dem breiten Schiffscontainer aus Metall, der über dem Bohrschacht lag und mir als Labor diente. Aber unser Ausflug war umsonst.

Die Box lag zur Hälfte auf und zur Hälfte unter dem Regalbrett und war eindeutig von innen heraus aufgebrochen worden.

»Ich glaube, jetzt haben wir herausgefunden, woher das Tier kam, das wir übersehen *hatten«, sagte der Kapitän trocken. »Gab es einen besonderen Grund, dass Sie es eingefangen haben?«*

Ich hatte bisher gezögert, es zu erwähnen, aber nun machte ich mir Sorgen und wollte mich mehr als alles andere wieder dem Wodka hingeben, doch der Kapitän akzeptierte mein Schweigen nicht als Antwort und war beharrlich.

»Die Antwort wird Ihnen nicht gefallen«, sagte ich.

»Ich bin sowieso schon ziemlich durch den Wind«, erwiderte er. »Wie viel schlimmer kann es denn noch kommen?«

»Deswegen mache ich mir ja Sorgen«, erwiderte ich und redete leise, damit nur der Kapitän verstand, was ich zu sagen hatte, denn es befanden sich noch andere Männer auf dem Deck und rauchten. »Ich hab es nicht so genau gesehen, aber ich glaube, diejenigen, die an Bord gekommen sind, waren alle noch nicht ausgewachsen und sind erst vor Kurzem geboren worden.«

»Sie sagen, es gibt noch mehr?«, entgegnete er und ich sah meine eigene Sorge in seinen Augen reflektiert. Ich wollte es nicht noch schlimmer machen, aber als Kapitän verdiente er eine Antwort.

»Ich will damit sagen, es gibt noch größere.«

3

Banks führte das Team gerade noch rechtzeitig zur Poststelle zurück, denn der Uferweg, der kurze Anlegesteg und selbst die teilweise versunkenen Boote waren nur eine einzige brodelnde, wogende Masse krabbelnder Kreaturen.

Der Haupteingang war verschlossen und Mac und Hynd schafften es nur gemeinsam, ihn aufzustemmen, wobei sie das Schloss aufbrechen mussten. Dass die Tür so stabil war, erwies sich als Segen, denn als sie drinnen waren, sie wieder geschlossen und einen großen Aktenschrank davorgestellt hatten, sah sie robust genug aus, jede Attacke auszuhalten oder ihnen zumindest ausreichend Vorwarnzeit zu geben.

Banks und Hynd standen jetzt am größten Fenster, das in Richtung Strand ging, während hinter ihnen McCally und Briggs den Raum sicherten und Mac sich um Nolans Wunden kümmerte. Mit ihren Nachtsichtgläsern konnten sie die Szenerie draußen nur zu gut erkennen. Ungefähr hundert dieser Biester hatten sich im Freien versammelt, alle zwischen der Post und dem Ufer. Sie krabbelten offenbar ziellos herum. Der einzige Pluspunkt war, dass sie offenbar kaum Interesse an Banks' Team zu haben schienen.

Fürs Erste zumindest.

»Was zur Hölle machen die da, Cap?«, fragte Sergeant Frank Hynd und ahmte dabei Macs Glasgower Dialekt perfekt nach.

»Woher zur Hölle soll ich das wissen, Sarge?«, entgegnete Banks. »Zumindest wissen wir, was die Walrosse und die armen Schweine getötet hat, die hier gewohnt haben. Keine Ahnung allerdings, was das mit unserer Mission zu tun haben soll.«

Jetzt wo sie die Biester auf einem Haufen in der Dunkelheit sahen, war noch etwas anderes offensichtlich: Sie leuchteten im Dunkeln. Banks hob sein Fernglas, um sie besser sehen zu können. Beim Herumkrabbeln sahen sie fast so aus, als schwebten sie auf einem leuchtenden blauen Teppich.

»Was sind das für Dinger?«, fragte Hynd. »Ich hätte gesagt, Asseln, aber diese Mistviecher sind viel zu groß dafür. Vielleicht eine Art Krabbe?«

»Auf jeden Fall irgendwelche Krustentiere«, erwiderte Banks. »Und gemeingefährliche Drecksviecher noch dazu.«

»Wir sollten das über Funk durchgeben, Cap«, meinte Hynd. »Das ist schließlich nicht normal. Das hat gar nichts mehr mit der Einsatzbeschreibung zu tun und wir sind noch nicht einmal beim Schiff angekommen.«

»Du kennst doch die Befehle. Funkstille hat es geheißen, außer es gibt besondere Umstände.«

Hynd lachte und wedelte mit der Hand in Richtung Fenster.

»Ich glaube, das da passt verdammt noch mal gut auf die Beschreibung, Cap. Oder etwa nicht?«

Banks konnte den Blick nicht von den herumschwärmenden Biestern abwenden. Er setzte das Nachtsichtgerät ab. In der blau schimmernden Beleuchtung sah es einfach zu fremdartig aus, zu weit weg von jeder Alltagserfahrung. In der gedämpften, beinahe monochromen Welt des Nachtsichtgeräts wirkte es irgendwie weniger verrückt. Die Biester zeigten immer noch nicht das geringste Interesse an ihnen.

»Wir sind nicht in unmittelbarer Gefahr, glaube ich. Aber wir müssen unbedingt einen Weg an diesen Wichsern vorbei finden, damit wir auf das Schiff kommen können.«

»Nun, ich hab wenigstens ein paar gute Neuigkeiten«, erwiderte Hynd. »Wir haben zwar kein Boot oder Schlauchboot gefunden, aber dafür wenigstens ein paar Kajaks. Es befinden sich acht von ihnen ordentlich aufgestapelt hinter dem zweiten Haus vom Südende der Stadt aus gesehen. Was ich sehen konnte, sind sie alle in einem guten Zustand und besitzen auch Paddel.«

Banks sah über die Biester am Strand hinweg auf das Meer dahinter. Es war mehr Schneematsch als Wasser und mit einem Kajak hindurch zu paddeln, würde schwerer werden, als es ihm bei diesem Klima lieb war.

Aber es ist immer noch besser als schwimmen.

»Gute Arbeit, Sarge«, sagte er. »Sieht aus, als hätten wir doch einen Plan.«

»Wir müssen aber erst mal an diesen Dingern vorbeikommen«, erwiderte Hynd.

»Irgendeine Idee?«

»Ich arbeite daran«, erwiderte Banks und riss sich endlich vom Fenster los. Er ging jetzt zu Mac hinüber, der gerade Nolans Wunden fertig verarztet hatte.

»Wie geht es dem Patienten?«, fragte Banks.

»Er wird noch eine Weile ziemliche Schmerzen haben, aber er wird es überleben. Es sah schlimmer aus, als es war. Es sind drei tiefe Schnitte und eine Menge Kratzer. Er braucht aber definitiv eine neue Hose.«

Dann sprach Banks direkt mit Nolan: »Wie geht es dir, Kumpel? Kannst du die Wunde belasten? Kannst du laufen? Wir müssen hier vielleicht schnell abhauen.«

Nolan lächelte und streckte den Daumen in die Höhe.

»Bereit, wenn Sie es sind, Cap«, sagte er.

Mac versuchte die Schlitze in der Hose des Iren zu reparieren, indem er die Fetzen mit Mullbinden zusammenband. Sie sahen im Nachtsichtgerät extrem weiß aus, eine zu lebhafte Erinnerung an die Brutalität der Biester vor der Tür.

Als Banks sich abwandte, sah er helles Licht wie einen Blitz im Nachtsichtgerät aufflammen, als der Strom in der Poststelle und die Lichter über ihnen plötzlich wieder angingen – begleitet von einem fernen Dröhnen.

»Ich hab den Generator gefunden«, rief McCally von hinten. »Es werde Licht.«

»Mach das Scheißding sofort wieder aus!«, schrie Hynd, aber es war bereits zu spät.

Banks nahm das Nachtsichtgerät herunter, damit sich seine Augen wieder anpassten, und sah zum Strand hinüber. Alle Viecher kamen jetzt in ihre Richtung.

Wir haben sie neugierig gemacht.

Zumindest hatte McCally schnell auf Banks' Befehl reagiert. Der Generator ging wieder aus und die Lichter erloschen. Das Postamt war ruhig, aber der Schaden war bereits angerichtet. Die Viecher kamen schnell heran und schwärmten dann um den Bereich vor dem Fenster herum. Der Haupteingang klapperte, während der Druck von draußen immer mehr wuchs und Nolan sah plötzlich gar nicht mehr so glücklich aus.

Banks setzte das Nachtsichtgerät wieder auf und klatschte eine Hand gegen die nächste Wand.

»Das Gebäude hat ein Betonfundament und Ziegelwände«, erklärte er. »Die kommen hier nicht rein, zumindest nicht so leicht. Bleibt ruhig, Jungs, wir sind hier sicher, wenigstens im Moment.«

»Was ist mit dem Fenster, Cap?«, fragte Hynd leise, als die Kreaturen sich vor der Wand stapelten und bereits übereinander kletterten. Die wuselnde Masse reichte schon fast bis ans Fensterbrett. Während sie hochkletterten, wurde die blaue Lumineszenz immer stärker, fast so hell, wie die Bürobeleuchtung nur Sekunden vorher gewesen war.

»Die können hier nicht rein«, wiederholte Banks, aber er erinnerte sich an die zertrümmerten und herausgerissenen Türrahmen der anderen Häuser, und das große Frontfenster der Poststelle saß in einem Holzrahmen.

Es sah zwar stabil aus, aber wenn diese Kreaturen eine Schwachstelle fanden, dann würden sie ganz bestimmt nicht lange fackeln, um sie auszunutzen.

»McCally?«, rief er. »Hast du irgendwas Nützliches da hinten gefunden, während du dich wie ein Idiot angestellt hast?«

»Nur den Generator und ein Dutzend 20-Liter-Kanister voller Benzin«, erwiderte der Schotte und kam durch die Tür, die zur Hinterseite des Gebäudes führte.

»Das könnte nützlich sein. Sag so was beim nächsten Mal lieber sofort, bevor du Eigeninitiative zeigst – das steht dir nicht so gut.«

Der Haupteingang knirschte plötzlich, ein lautes Quietschen, als hätte der Metallrahmen nachgegeben. Banks machte ein paar Schritte durch den Raum zum schmalen Eingangsbereich, wo sich die Tür befand. Er sah, wie die Biester an dem Rahmen schabten und kratzten, wo er auf dem Boden saß. Das Metall wurde fast so leicht zerfetzt und zerlegt, als wäre es Holz. Die Tür zitterte und bewegte sich ein Stück, als das Gewicht der schieren Masse der Viecher sie langsam aufdrückte.

»Da kommt was auf uns zu«, rief er.

Ein weiteres Quietschen hallte durch die Nacht, als der Aktenschrank über den Boden geschoben wurde. Es hatte zwei Männer gebraucht, ihn an Ort und Stelle zu schieben, aber die Kreaturen drückten ihn mühelos weg, als wäre es ein leerer Pappkarton.

»Die kleinen Drecksviecher sind echt stark«, sagte Hynd, als er zu Banks aufschloss. Sie machten die Lampen an ihren Waffen an und richteten sie auf die Tür, aber die Biester schienen das Licht gar nicht zu bemerken und schoben den Aktenschrank einfach weiter nach innen. Das Geräusch von Metall, das über den Boden schabte, hallte von den Wänden wider.

Banks war sich bewusst, dass der Rest des Teams sich ihnen jetzt anschloss. Mac stand neben Hynd und die anderen drei nahmen ihre Positionen dahinter ein, bereit, einen Schritt nach vorn zu machen, wenn es sein musste.

»Überprüft mal eure Ohrstöpsel, Jungs. Das wird laut werden. Zielt auf das vordere Ende, wenn die irgendeine Art von Hirn haben, dann versteckt es sich vermutlich dort. Den Körper zu treffen, bremst sie kaum.«

Er stopfte seine eigenen Ohrstöpsel soweit ins Ohr, wie es ging, und richtete seine ganze Aufmerksamkeit anschließend auf die Tür. Der Aktenschrank quietschte noch lauter, bewegte sich zehn Zentimeter nach innen und die erste Kreatur krabbelte durch eine Öffnung, die gar nicht breit genug aussah. Banks schoss den vorderen Teil, wo er den Kopf vermutete, weg. Es fiel nach vorne und lag still da. Zwei weitere krabbelten darüber hinweg. Hynd erledigte sie, die Schüsse hallten um sie herum und waren trotz der Ohrstöpsel ohrenbetäubend laut. Drei weitere versuchten hindurchzukommen, und Banks wollte gerade schießen, als er sah, dass die dahinter eine Pause eingelegt hatten, um die toten Viecher zu fressen.

Das sind Kannibalen.

Das brachte ihn sofort auf eine Idee, die sich zu einer Art Plan ausbauen ließ.

Er wandte sich an McCally.

»Nimm Briggs und hol so viel von dem Benzin, wie ihr tragen könnt«, rief er.

»Was hast du vor, Cap?«, rief Hynd.

»Ein Barbecue«, rief er zurück. »Ein verdammt blutiges Barbecue.«

Als der Aktenschrank noch weiter nach innen geschoben wurde und ein halbes Dutzend der Biester in der Lücke erschienen und auf sie zukamen, verstummte er.

Das Donnern von Schnellfeuer erfüllte nun die Luft.

4

Svetlanova unterbrach ihr Diktat; sie hatte das Geräusch schon wieder gehört und dieses Mal hatte sie erkannt, was es war: Gewehrfeuer! Es hörte sich zu weit weg an, als dass es an Bord des Schiffes sein könnte, und auch zu weit weg, um ihr eine Hilfe zu sein, und es war ganz bestimmt nicht genug, um sie aus ihrem im Moment noch sicheren Kämmerchen zu locken.

Sie wusste, sie konnte nicht für immer hierbleiben.

Aber nur noch ein bisschen länger. Bitte!

Die Glühbirne an der Decke war mittlerweile um einiges dunkler geworden und sie hatte Mühe, die Stapel mit Essen und Trinken um sie herum erkennen zu können. Wenn das Licht erlosch, musste sie vielleicht tatsächlich einen Blick riskieren, um zu sehen, was vor der Tür los war. Aber ihre Nerven lagen sowieso schon blank. Sie wusste nicht, wie viel Aufregung sie noch ertragen konnte, bevor sie sich in sich selbst zurückzog, an einen ruhigen, sicheren Ort, wo keine Dinge mehr im Dunkeln herumwuselten und alles fraßen. Die Kälte streckte jetzt ebenfalls die eisigen Finger nach ihr aus, aber damit kam sie klar; das war schließlich nichts im Vergleich zum Winter in Moskau.

Sie nutzte die Gelegenheit, um Boxen und Flaschen zu sortieren und diese so aufzustellen, dass sie sie auch im Dunkeln durch eine Berührung identifizieren konnte, wenn die Glühbirne endgültig verlöschen und sie in Finsternis stürzen sollte.

Weiteres Gewehrfeuer erklang, das Rat-ta-ta-tat war zwar immer noch zu weit entfernt, um ihr irgendeine Hilfe zu sein, aber sie empfand trotzdem etwas, das sie schon eine ganze Weile nicht mehr empfunden hatte. Es fühlte sich an wie Hoffnung. Aber das Gefühl war nur von kurzer Dauer. Wie als Reaktion auf das Geräusch in weiter Ferne hörte sie jetzt etwas, das viel näher war: Ein Kratzen und Schaben vor der Tür der Speisekammer. Sie stand stocksteif da und atmete kaum noch. Sie wusste, dass die Isopoden keinen Geruchssinn besaßen, aber sie hatten die beinahe übernatürliche Gabe, Essen zu finden, besonders frisches oder fast frisches Fleisch. Das Licht über ihr war nun so sehr gedimmt, dass sie das blaue Glimmen unter der Metalltür sehen konnte.

Sie sind direkt vor der Tür!

Das Scharren wurde immer lauter und ihre Panik stärker. Sie drohte, sie zu überwältigen, aber als eine weitere Salve Gewehrfeuer in der Ferne zu hören war, entfernte sich das Kratzen und Schaben wieder.

Ja, geht und schaut mal nach, was da los ist. Geht weit, weit weg. Hier gibt's nichts für euch.

Sie wusste, dass es stimmte, sobald ihr der Gedanke gekommen war. Es war tatsächlich nur noch wenig an Bord, das für die Isopoden irgendwie von Wert war, abgesehen natürlich von dem kalten Fleisch auf ihren Knochen. Sie hatte es selbst gesehen, bei der kopflosen Flucht und der Suche nach einem sicheren Ort, die sie in diese kleine Oase der relativen Ruhe geführt hatte.

Ich muss die Erzählung beenden, für den Fall, dass ich das hier nicht überlebe.

Sie wartete, bis sie sicher war, dass der Korridor draußen leer war, und kehrte dann zu ihrem Diktat zurück.

Der Anfang vom Ende kam vier Tage und ein paar Stunden später, kurz vor Mitternacht in einer mondlosen Nacht und zuerst bemerkten wir es kaum.

Wenn es nicht ein leichtes Zittern des Bohrschafts gegeben hätte, dann hätte ich die ersten Anzeichen vielleicht vollkommen ignoriert.

Ich war früh ins Bett gegangen, hatte aber nicht mehr als ein paar Stunden schlafen können. Ich schaffte es einfach nicht, mich allzu lange vom Bohrturm fernzuhalten. Das Bohren ging schnell voran und ich bemerkte das Zittern, als ich mir eine Zigarette anzündete. Obwohl in der Nacht die See ruhig war, zitterte der Kopf des Streichholzes, als ich es an die Spitze der Zigarette hob. Dann fühlte ich es ebenfalls, ein ganz schwaches Zittern unter den Füßen, aber merklich anders, als das normale leichte Schwanken, das durch den Wellengang des Ozeans verursacht wurde. Ich dachte, der Bohrer hätte vielleicht eine andere Schicht erreicht und kämpfte sich gerade durch kompakteren Fels. Ich war sogar froh, dass ich mir mal die Hände schmutzig machen und ein wenig arbeiten konnte. Ich ging deshalb in Richtung Bohrturm.

Einer von der Crew war auf der Gangway, die ebenfalls zum Bohrturm führte und schrie überrascht auf, als das ganze Ding plötzlich heftig erzitterte und er fast das Gleichgewicht verlor. Gleichzeitig hörte man vom Bohrschaft ein lautes Quietschen, als wäre er in der Tiefe unter großen Druck geraten. Der Bohrer heulte auf, wie ein startendes Motorrad und drehte sich dann schneller und drang immer noch tiefer ein, als wäre nichts darunter, um ihn zu bremsen.

Meine Hände zitterten, als ich endlich die Zigarette anzündete, und dieses Mal war es nicht die Erschütterung aus der Tiefe, sondern reine Aufregung und Erwartung. Wir hatten einen unerwarteten Hohlraum getroffen oder zumindest einen Bereich, in dem der Grund weicher war und der eigentlich gar nicht da sein sollte. Was immer da unten war, war bereits auf dem Weg den Bohrschacht hinauf und ich würde die Erste sein, die es zu Gesicht bekam. Es würde nur noch ein paar Minuten dauern, um festzustellen, ob das Herumstehen in der Kälte etwas gebracht hatte. Das Zittern hielt an, jetzt war es allerdings weniger heftig als beim ersten Mal und der Bohrer drang mehrere Meter pro Minute tiefer; viel schneller als vorher.

Der Kapitän kam ebenfalls hinzu, denn man hatte ihn geweckt. Er knöpfte sich gerade das Hemd zu und stopfte es in die Hose, nahm dann einen Zug von meiner Zigarette, als ich sie ihm anbot.

»Es muss jede Minute soweit sein«, sagte ich. »Dann werden wir sehen, ob es das alles wert war.«

Bis wir fertig geraucht hatten, war das Wasser aus dem Bohrloch nicht mehr voller Schlamm und Steinen, sondern sehr viel flüssiger. Ein öliger, regenbogenfarbener Schimmer umgab den Bohrturm und die Luft war dick und fast schmierig. Ich hörte ein Kratzen und Klappern und dann spuckte der Bohrschacht auf einmal einen Klumpen aus, der äußerst schwer zu sein schien. Etwas, das die Mitglieder der Mannschaft mit einem Montiereisen aus dem Kanal für die

Bohrmilch angeln mussten. Es fiel mit einem feuchten Klatschen auf das Deck des Bohrturms, während der Kapitän und ich näher herangingen, um es uns genauer anschauen zu können. Der ölige Schimmer war nun viel deutlicher zu sehen und hing überall in der Luft, die uns umgab.

Ich weiß nicht, was ich erwartet hatte, Schlamm und Öl vielleicht oder verklumpten Sand. Womit ich nicht gerechnet hatte, war ein Klumpen Gewebe und etwas, das zweifellos am Leben war, oder zumindest bis vor kurzer, sehr kurzer Zeit – das Biest, von dem es stammte, war offensichtlich direkt unter dem Bohrer gewesen und zerfetzt worden.

Was davon noch übrig war, befand sich in einem Stück. Es war etwa dreißig Zentimeter breit, der obere Teil war aus einer dickeren, gepanzerten Schale, die im Zwielicht schwarz wirkte, mit einer Schicht darunter, die wohl aus Muskelgewebe bestand, das grau, nahezu weiß war. Der Captain nahm das Montiereisen von Jose zur Hand und stach damit in das blassere Gewebe. Als es von dem Eisen berührt wurde, gab es das blaue, lumineszierende Leuchten ab, an das ich mich nur zu gut erinnerte. Das war ein Teil eines Isopoden, aber von einem, der mindestens zehnmal so groß war, wie die, die wir bisher gesehen hatten.

»Captain«, sagte ich leise. »Ich glaube, wir stecken wieder in Schwierigkeiten.«

Das blaue Licht flackerte über das Gesicht des Kapitäns und gab ihm ein fast bösartiges Leuchten, da er von unten angestrahlt wurde … ein alter Magier-Bühnentrick, der hier in der kalten Dunkelheit extrem gruselig und effektiv war.

Der Matrose auf dem Bohrturm schrie jetzt etwas, ein unzusammenhängender Laut, den ich als Überraschung verstand. Als ich mich ihm zuwandte, sah ich, dass sein Gesicht ebenfalls blau erleuchtet war. Aber er war zu weit von dem Klumpen auf dem Deck entfernt, es musste etwas anderes sein, das ihn anstrahlte. Es kam von unten, aus Richtung seiner Füße.

Ich sah hinab durch das Gitter des Bohrturms. Es war zu dunkel, um das Meer selbst erkennen zu können, aber nicht so finster, dass ich nicht das blaue, schimmernde Licht sah, das aus der Tiefe emporstieg und dabei schnell heller wurde.

Ich ergriff den Kapitän an der Schulter.

»Wir müssen hier weg«, sagte ich drängend.

Der Kapitän sah missbilligend nach unten durch das Gitter.

»Sind das wieder diese verdammten Asseln?«

Ich warf einen Blick auf den Klumpen zu meinen Füßen. Das blaue Glühen, das er absonderte, passte zu dem Leuchten und Schimmern dessen, was auch immer die Seite des Bohrlochs hochkam.

»Ja, das sind sie. Aber ich glaube, das hier könnte etwas Größeres sein«, erwiderte ich.

Das Blau kam nun rasend schnell nach oben, das Wasser auf der Oberfläche schäumte und brodelte und eine Assel in der Größe eines kleinen Autos kam jetzt aus der Tiefe und krabbelte seitlich den Bohrschacht hoch.

Es kam direkt auf uns zu. Wir hatten nur wenig Zeit, zu reagieren, aber der Kapitän nutzte den Augenblick, so gut es ging. Er nahm das Montiereisen und schlug zweimal auf das Kerosinfass ein, bis es aufbrach. Die Luft wurde sofort vom Geruch des vergossenen Kerosins erfüllt, als ein Schwall durch die Gitter floss und über das Biest, das sich uns näherte. Noch während wir zurückwichen, zündete der Kapitän eine ganze Streichholzschachtel an und als die krabbelnde Assel uns schon fast erreicht hatte, ließ er die brennende Schachtel in die Lücke zwischen dem Geländer und dem Deck fallen. Wir sprangen hastig von dem Bohrturm auf das Deck, als das Kerosin sich mit einem Wusch *entzündete, meine Augenbrauen versengte und mein Gesicht erhitzte, sodass sich die Haut spannte.*

Aber es tat seine Wirkung. Wir rannten rechtzeitig zur Seite, um sehen zu können, wie die Kreatur, die bereits brannte, aus dem Bohrloch stürzte. Sie fiel ins Meer, und der Aufschlag erschütterte sowohl den Bohrturm als auch das Schiff, das daneben festgemacht war. Die kerosingenährten

Flammen zischten, als das Wesen unterging, und das blaue Leuchten verblasste langsam in der finsteren Tiefe.

Der Kapitän drehte sich zu mir um, ein breites Grinsen auf dem von Asche geschwärzten Gesicht. Ich wollte ihm gerade gratulieren, als ich erneut einen schwachen Schimmer blauen Lichts sah, das seine Wangen und sein Kinn beleuchtete. Ich sah hinab über die Reling des Seitendecks.

Ein großer Abschnitt des Meeresbodens unter dem Bohrturm glühte jetzt blau, silbern und grün; ein pulsierender Schimmer, wie ein Nordlicht unter Wasser, das schnell nach oben stieg … und dieses Mal war es größer, viel größer.

Es war nicht nur unterhalb des Bohrturms, es war unter der gesamten Länge des Schiffes, als würde der Boden der Bucht, in der wir vor Anker lagen, komplett aufsteigen.

Das Blau kam schneller aus dem Wasser, als ich überhaupt erfassen konnte, was ich da sah.

Der Schwarm stieg nach oben und rollte über das Seitendeck wie eine Riesenwelle.

5

Banks machte einen Schritt nach hinten, um ein neues Magazin vom Gürtel zu nehmen. Nolan stellte sich vor ihn hin und nahm seinen Platz ein. Der Kugelhagel, mit dem die Viecher eingedeckt wurden, ließ nicht nach. Die Kreaturen wuselten übereinander und aneinander vorbei und der Berg an Kadavern in der Tür wuchs immer mehr. Manche drängten weiter voran, andere waren zufrieden damit, die Toten zu verspeisen.

Banks hatte ein neues Magazin eingelegt und wollte gerade wieder nach vorne gehen, als er eine Hand auf der Schulter spürte. Es war McCally und Briggs war hinter ihm. Jeder hatte zwei 20-Liter-Kanister in der Hand, die sie aus dem Hinterzimmer geholt hatten.

Banks sah wieder auf die Eingangstür. Es führten ein paar Stufen nach unten zur Tür und dahinter ging es einen steilen Abhang herunter bis zum Uferweg. Auf diesem Abhang wimmelten noch größere Mengen der Biester herum.

Die gute Nachricht hatte sich wohl verbreitet ... hier gibt's Frischfleisch.

»Holt noch mehr von dem Zeug«, rief er den beiden Männern zu und nahm den ersten Kanister, öffnete den Verschluss und schüttete ihn komplett aus. Das Kerosin floss schnell von ihm weg und bildete eine große Pfütze an der Stelle, wo die Kreaturen um den Aktenschrank herum im Durchgang herumschwärmten. Die Dämpfe stiegen einem in dem engen Raum schnell zu Kopf.

»Feuer einstellen. Zieht euch zurück«, rief er und holte das alte Zippo und ein Taschentuch aus der Tasche. »Volle Deckung!«

Er zündete das Taschentuch an, ließ es in das Kerosin fallen und machte hastig einen Schritt zurück. Nicht schnell genug offenbar, denn er spürte, wie sich seine Haut auf seiner Stirn spannte und roch verkohlte Brauen.

Die Kreaturen brannten und platzten auf, sie tanzten wie Wassertropfen auf einer heißen Herdplatte. Banks und seine Männer wichen noch weiter zurück, als der beißende Gestank verbrannten Fleisches, fast wie Essig, den Gang erfüllte. Die weicheren Teile wurden schnell von den Flammen verzehrt und die Biester waren in Sekunden wenig mehr als verkohlte leere Panzer.

Nun, ihr wolltet doch ein Barbecue, oder etwa nicht?

Sie würden kein weiteres Benzin oder Schüsse mehr brauchen, denn die Viecher hinter den brennenden im Türdurchgang wichen angesichts der Flammen panisch zurück und hielten einen Abstand von ein paar Metern zur Tür. Das Benzin war allerdings schnell aufgezehrt und eine Minute später war nicht viel mehr im Durchgang zu sehen, als eine Masse verkohlter Panzer und verbrannter Stücke. Banks trat mit Hynd vor und sie zertrampelten die Reste zu Asche, damit man die Tür wieder schließen konnte, dann schoben sie erneut den Aktenschrank davor.

Hynd sah ihn an.

»Miese kleine Wichser, oder?«

»Jepp. Hoffen wir mal, dass sie nicht so hartnäckig sind.«

Banks wandte sich nun an das Team.

»Mac, du hältst die erste Wache, behalte die Mistviecher im Auge, und wenn sie so aussehen, als würden sie zu dir zurückkommen, dann sag Bescheid. Wir können die Tür öffnen und ein paar Kanister Benzin den Abhang runterschütten. Da sind noch etwa ein Dutzend von da.«

Mac reagierte mit einem übertriebenen Salut und Banks führte die anderen wieder in den Hauptraum. Er war erleichtert, dass der Rückzug der Biester so umfassend war. Sie versammelten sich nicht mehr unter dem Fenster und auch wenn ihre Aufmerksamkeit immer noch auf dem Gebäude zu ruhen schien, hielten sie nun mehrere Meter Abstand. Hätte er ihnen irgendwelche Intelligenz zugeschrieben, hätte man fast glauben können, es habe sie vorsichtiger gemacht.

Er wandte sich jetzt zu Hynd.

»Wir haben uns zwar ein wenig Zeit verschafft, Sarge«, sagte er, »aber wir können uns nicht ewig hier verschanzen. Die müssen nur geduldig warten und wir haben eine Mission: Wir müssen auf ein Schiff gelangen. Die Zeit verrinnt immer schneller.«

McCally sagte als Erster etwas.

»Es gibt hinten raus einen Innenhof, Cap«, sagte er. »Wir könnten schnell draußen sein und im Nullkommanichts in den anderen Höfen.«

»Ich erinnere mich«, erwiderte Banks. »Da sind auch Schneemobile. Aber ich würde sie lieber lassen, wo sie sind, falls wir später mal schnell abhauen müssen. Wir schlüpfen einfach raus und machen uns zu Fuß in Richtung Süden auf.«

»Wenn die uns lassen«, erwiderte Hynd, aber Banks ignorierte ihn und inspizierte stattdessen den Hinterhof. Der Generator war in einem Lagerraum untergebracht.

Von dort aus konnte man über den Hof sehen und auf die Schneemobile, die dort geparkt waren. Banks öffnete die solide Tür, um nach einem Fluchtweg zu suchen. Das nächste Haus in Richtung Süden war nur zwei Meter weit entfernt, aber es hätten auch sechs Meilen sein können. Der ganze Hinterhof war bereits mit den Kreaturen gefüllt, die von der Vorderseite gekrabbelt und gewuselt kamen und schon über und um die Schneemobile herumkrochen. Die Biester sahen Banks an der Tür und stürmten augenblicklich vorwärts. Er konnte gerade noch rechtzeitig vor der Attacke die Tür zuknallen und hörte, wie sie sich wütend gegen die schwere Stahltür warfen. Die Tür war zum Glück dicker als die vordere. Zumindest hoffte er das, denn er hatte gesehen, wie leicht sie das Metall zerfetzt hatten.

»Ich hab mal diesen Film gesehen«, sagte Hynd todernst. »Die werden reinkommen … die kommen immer rein.«

Banks trat gegen den Stapel Benzinkanister vor seinen Füßen.

»Wenn sie das tun, dann vertreiben wir sie mit Feuer. Ich hab den Film nämlich auch gesehen.«

Die Kreaturen warfen sich weiter gegen die Stahltür und die dumpfen Schläge hallten durch den Raum mit dem Notstromaggregat.

Banks sah, wie Hynd nach oben blickte und wusste sofort, worauf er hinauswollte.

»Ich hab den Film auch gesehen. Sich auf dem Dachboden verstecken, funktioniert nie.«

Hynd grinste.

»Ich dachte mehr ans Dach selbst, Cap. Vielleicht können wir von dort aus zum nächsten Gebäude kommen.«

Banks versuchte sich im Geist die Entfernung vorzustellen und nickte dann.

»Das ist ein weiter Sprung, aber wenn wir einen kleinen Anlauf nehmen, dann könnte das tatsächlich klappen. Doch damit werden wir die Viecher trotzdem nicht los.«

Dieses Mal trat Hynd gegen die Benzinkanister.

»Wenn wir genug von denen in einem Raum hätten …«

Banks lächelte grimmig.

»Eine Falle mit uns als Köder? Hört sich für mich nach einem genialen Plan an. Mal sehen, ob wir einen leichten Weg nach oben finden.«

Banks ging zurück in den Hauptraum. Mac stand rechts an der Tür und hielt Wache. Nolan und Briggs waren neben dem Fenster und sahen über den Strand, auf dem die Kreaturen in Schwärmen herumkrabbelten.

»Eine Routinemission … hast du das nicht gesagt, Cap?«, meinte Nolan. Der Ire war immer noch bleich, aber er sah nicht schlimmer aus als nach seiner kleinen Eskapade von vorhin. Sie wussten beide, wenn sie das überstanden hatten und nach Hause kamen, dann würde Banks ein ernstes Wörtchen mit dem anderen Mann reden müssen, weil er in der Garage vom Protokoll abgewichen war; aber das hatte für später Zeit. Schuldzuweisungen brachten sie im Moment nicht weiter.

Banks schloss sich Nolan an und betrachtete die Küstenstraße ebenfalls. Nach seiner groben Schätzung waren da noch hundert dieser Biester.

Und noch ein paar hinter dem Haus. Wo kommen die Drecksviecher bloß her? Und wieso jetzt?

Alles, was ihm seine Überlegungen einhandelten, waren weitere Fragen, die er nicht beantworten konnte und keine davon brachte die Mission ihrem Ziel näher. Aber Hynd half ihm weiter.

»Hier drüben, Cap. Ich hab es gefunden.«

Der Sergeant leuchtete mit der kleinen Lampe am Lauf seines Gewehrs in der Ecke nach oben, wo ein Seil von einer Dachbodenluke herunterhing. Er zog daran, die Luke ging auf und eine Trittleiter kam herunter. Hynd ging zwei Sprossen hinauf und leuchtete mit der Lampe in den Raum darüber.

»Alles leer«, verkündete er.

»Macht euch bereit, wir müssen uns beeilen«, meinte Banks zu den anderen. »Wir verziehen uns über das Dach.«

Mac hielt weiter Wache an der Tür, während Banks die anderen auf den Dachboden lotste. Hynd ging zuerst hoch.

»Da ist ein Dachfenster«, rief er nach unten. »Wir kommen also raus.«

Banks ließ die Männer alle Benzinkanister, bis auf einen, die Leiter hochtragen, zusammen mit ihren Rucksäcken. Sie ließen nur den einen zu Macs Füßen zurück. Er rief Hynd zu: »Bringt alles aufs Dach und dann nichts wie raus da. Wir sind direkt hinter euch.«

Erst als alle oben waren und dann auf dem Dach, rief er Mac zu sich.

»Du zuerst«, sagte er. Während Mac einen Fuß auf die Leiter stellte, hörten sie die Vordertür erneut quietschen, als der Aktenschrank über den Boden schabte.

»Die kleinen Bastarde haben uns die ganze Zeit über beobachtet«, sagte Mac,

»Ja, aber ich hab sie auch beobachtet.«

Banks machte einen Schritt nach vorn, trat den Benzinkanister um und der Inhalt floss über den Boden, bevor er Mac die Leiter hinauf folgte. Er war oben, als das Erste der Biester in den Raum krabbelte. Er zog hinter sich die Leiter hoch, machte das Zippo an und ließ es fallen, kurz bevor er die Luke schloss.

»Brennt, ihr Wichser«, sagte Mac neben ihm zufrieden.

Der beißende Brandgeruch drang selbst durch die geschlossene Luke und der Boden unter ihnen wurde schnell heiß.

»Hoch mit euch«, sagte Banks und half Mac auf das Dach hinauf, dann ließ er sich selbst hochziehen, um sich den anderen auf dem flachen Dach des Postamts anzuschließen. Dünner Rauch stieg hinter ihnen auf. Das Feuer im Untergeschoss hatte sich extrem schnell ausgebreitet.

»Wie auch immer der Plan aussieht, Cap«, sagte Mac, »wir beeilen uns besser.«

Hynd war an der Südseite und betrachtete die Lücke zum nächsten Gebäude. Banks schloss sich ihm am Dachrand an. Zum Glück hatte das andere Gebäude auch ein flaches Dach, und der Sprung sah nicht allzu schwierig aus, ein bisschen mehr als zwei, vielleicht zweieinhalb Meter.

»Mac und Nolan, schüttet die Hälfte des Benzins über die Vordertür, Briggs und McCally, den Rest an der Rückseite über die Tür zum Hof. Ich hoffe mal, jemand hat ein Streichholz, denn ich hab mein Feuerzeug verloren.«

Hynd hatte tatsächlich ein Streichholz und auch ein Taschentuch, das er in zwei Hälften zerriss.

»Ich hab eine bessere Idee, als es nur runterzuschütten, Cap«, sagte er. »Molotowcocktails?«

Sie schütteten alles bis auf zwei Benzinkanister über die Kanten des Daches hinab. In dieser Zeit kam der Rauch schon durch die Dachschindeln und die Hitze stieg in Wellen um sie herum auf. Es würde nicht lange dauern, bis das Dach ebenfalls in Flammen stand.

Banks schlang die Waffe über die Schulter, wo sie neben seinem Rucksack hing, dann schickte er jeden außer Hynd und sich selbst rüber auf das Nachbargebäude. Nolan schaffte es fast nicht, denn sein verwundetes Bein knickte beim Aufprall weg, aber zum Glück packte ihn Mac, stützte ihn und sorgte dafür, dass er nicht stürzte. Der Ire hielt beide Daumen in Richtung Banks hoch, als er sein Gleichgewicht wiedererlangt hatte.

»Bist du bereit?«, fragte Banks Hynd. Sie hatten beide einen Kanister mit einem benzingetränkten Taschentuch im offenen Ausgießer in der Hand.

»Bereiter geht es nicht«, sagte Hynd.

»Wird das funktionieren?«, fragte Banks, als der Sergeant beide Kanister entzündete.

»Ich hab das nur mal mit einer Milchflasche und Petroleum daheim in Cambuslang gemacht, als ich noch ein Kind war. Ich weiß nicht, ob es mit diesem kanadischen Zeug auch funktioniert. Falls nicht, sehen wir uns wohl in der Hölle wieder.«

Sie warfen die Kanister so weit wie möglich über den Schwarm an Kreaturen unter ihnen, rannten dann zum Rand des Daches und sprangen, als das Benzin mit einer Druckwelle aus Hitze und Flammen in die Luft ging.

Banks landete hart, aber wieder war Mac da, um ihn zu stützen. Das Gewicht auf seinem Rücken hätte sie beinahe beide aus dem Gleichgewicht gebracht, aber Hynd streckte den Arm aus und verhinderte es. Sie drehten sich um und sahen die Poststelle in Flammen stehen. Das Dach begann einzustürzen. Im Hinterhof brannten die Biester. Die Schneemobile konnten sie nicht benutzen, denn die Flammen hatten sie bereits erwischt und eines von ihnen explodierte mit einem dumpfen *Wump*, als die Hitze den Benzintank erreichte. Die Viecher, die nicht von der Explosion erfasst worden waren, zogen sich schnell ans Ufer zurück. Sie ignorierten die Männer auf dem Dach.

Die Hauptgefahr schien nun eher vom Feuer selbst zu kommen, denn die Meeresbrise peitschte das Feuer über die Lücke zwischen den Gebäuden. Es war nur eine Frage der Zeit, bis das Haus genauso wie das Postamt in Flammen stand.

»Okay, Jungs, Zeit zu gehen«, sagte Banks. »Geh voran, Sarge. Bring uns zu diesen Kajaks und schaff die Truppe hier raus.«

Hynd führte das Team eilig über das Dach. Sie ließen sich auf der anderen Seite einfach herunter und bewegten sich dann wie eine lautlose Einheit Richtung Süden in die Dunkelheit hinein.

Keine der Kreaturen folgte ihnen.

6

Svetlanova stand in der fast pechschwarzen Finsternis. Die Glühbirne über ihr war nur noch ein rot glühender Metallfaden und die einzige andere Lichtquelle war die schwach leuchtende LED an ihrem Diktiergerät. Sie hatte keine Ahnung, wie lange diese noch leuchten würde.

Schon seit einer ganzen Weile hörte man keine Schüsse mehr. Sie konnte nur hoffen, wer immer das war, hatte überlebt und war nun auf dem Weg zum Schiff. Das war vielleicht ihre einzige Fluchtchance, und jetzt, wo es um sie herum immer dunkler wurde, wollte sie unbedingt überleben. Diese finstere Kammer sollte nicht das Ende all ihrer Lebenspläne sein.

Sie hielt das Diktiergerät wieder in der Hand. Es gab noch weitaus mehr zu erzählen, aber sie konnte sich nicht überwinden, es laut auszusprechen. Die Erinnerungen waren zu brutal und zu lebhaft. Die wenigen Minuten nachdem der Schwarm, wie eine Welle über den Bug des Schiffes geschwappt war, waren für immer in ihr Gedächtnis eingebrannt.

Die Mannschaft war blutig gestorben, manche hatten gekämpft, andere waren schreiend aus ihren Verstecken gezerrt worden. Svetlanova und der Kapitän konnten sich in das untere Deck retten, weil sie zum Zeitpunkt der Attacke durch den nächsten Eingang geflüchtet waren, aber sie hatten keine Zeit gehabt, die äußere Tür zu schließen. Das Gewicht der Biester war einfach zu groß gewesen und es waren zu viele. Sie waren deshalb gezwungen worden, immer weiter ins Innere zu flüchten, aber es kamen mehr und mehr dieser Dinger. Sie flohen in vollem Tempo durch die Gänge und die Treppen hinab, ohne Rücksicht auf ihre Sicherheit. Zuerst rannte der Kapitän noch direkt neben ihr. Dann war er in einer Sekunde noch da und in der nächsten verschwunden. Sie drehte sich um, wäre fast gestolpert und sah entsetzt, wie der Mann in einer wuselnden Welle von Isopoden verschwand, die bereits am Fleisch seiner Beine und des Rückens rissen. Der Captain sah ihr fassungslos in die Augen.

»Renn!«, schrie er … dann war er verschwunden, als würde er in der Masse reißender Fresswerkzeuge und peitschender Fühler ertrinken. Sie hatte gar nicht versucht, die große Vorratskammer zu erreichen, es war reiner Zufall, dass die Tür offen war, als sie dort ankam. Sie wollte eigentlich zu den Rettungsbooten am Bug weiterrennen, aber der Korridor vor ihr war ebenfalls von den Wesen blockiert. Drei Isopoden waren gerade damit beschäftigt, den verstümmelten, zum Glück schon toten Körper eines Matrosen wegzuzerren.

Sie war daraufhin durch die offene Tür gesprungen, ohne wirklich zu wissen, wohin sie wollte. Sie hatte einfach nur einen Ausweg gesucht und die Tür hinter sich zugeknallt. Anschließend hatte sie dagestanden, nach Luft geschnappt, ihr Gewicht gegen die Tür gedrückt und gewartet, ob diese Verteidigungslinie halten würde.

Die Biester hinter ihr hatten einfach weitergemacht. Sie hatten sich angehört, wie eine Welle, die durch den schmalen Korridor schwappte. Sie hatte Schreie in der Ferne gehört und mehrere Schüsse, dann war auf einmal alles still geworden. Als sie wieder zu Atem gekommen war, hatte sie festgestellt, dass sie in der Vorratskammer gelandet war. Sie hatte sich danach langsam wieder beruhigt und ihr Verstand hatte ihr gesagt, dass ein sicherer Platz der beste Platz war und kein anderer besser geeignet wäre.

Die Stille hatte sich wie ein Leichentuch über das Boot gesenkt. Svetlanova konnte es nicht riskieren, nach jemandem zu rufen, und wenn irgendwer an Bord noch am Leben war und sich versteckt hatte, so wie sie, dann musste er dieselbe Vorsicht walten lassen und ruhig sein.

Das Schiff gehörte nun offiziell den Isopoden.

Die erste Nacht war schlimm gewesen. Sie hatte zu viel gegessen; trockene Kekse, die sie mit Limonade heruntergespült hatte. Viel zu viel Limonade, sodass sie danach den fast überwältigenden Drang zu pinkeln verspürte. Aber das wollte sie auf keinen Fall in der Speisekammer machen. Doch der Drang wurde immer stärker und ein kleines Malheur stand kurz bevor.

Seit mehreren Stunden war nun schon alles ruhig, also ging sie das Risiko ein und öffnete die Tür, Millimeter für Millimeter, solange, bis sie den Korridor sehen konnte. Beim ersten Geräusch oder beim kleinsten Anzeichen eines blauen Schimmerns wollte sie die Tür sofort wieder zumachen. Aber es war alles dunkel und es herrschte Totenstille. Das einzige Licht kam aus dem Raum, in dem sie sich versteckt hatte, von der einzelnen Glühbirne in der Speisekammer. Der Rest des Korridors lag in beiden Richtungen in tiefen Schatten und sie hatte es nicht eilig, die Dunkelheit zu erkunden. Sie trat langsam aus der Speisekammer heraus, ging etwa zwei Meter in den Gang hinein, ließ die Hose herunter und erledigte hastig ihr Geschäft. Es fühlte sich an, als würde ein Großteil ihrer Anspannung im selben Moment von ihr abfallen und sie konnte das erste Mal wieder klar denken, seit die Biester sie überfallen hatten.

Sie war allerdings immer noch nicht in der Stimmung, sich weiter umzusehen, und stand deshalb einen Moment ratlos herum, und wollte schon wieder zurück in die Speisekammer gehen, doch dann sah sie es … ein blaues, schimmerndes Leuchten am anderen Ende des langen Korridors, der sich fast über die gesamte Länge des Bootes erstreckte. Und sie hörte es auch … das hohe und pfeifende Summen, als es den anderen etwas mitteilte. Dann bewegte es sich und ihr wurde klar, wie weit weg das Biest noch war und wie groß es deshalb sein musste, damit sie es so deutlich sehen konnte. Es füllte fast den gesamten Korridor aus. Es war an die zwei Meter breit und genauso hoch. Das war keines der Jungtiere mehr, das war ein größeres, wie das Exemplar, das sie verbrannt und zurück in die Tiefen des Meeres versenkt hatten. Sie hatte gehofft, es gebe nur eines von der größeren, aber diese Hoffnung hatte sich nun zerschlagen.

Und wo es zwei gibt, kann es auch noch mehr geben.

Sie war daraufhin leise zurück in die Speisekammer zurückgeschlüpft und hatte sich viele Stunden lang ruhig verhalten, aber es war nichts in ihre Richtung gekommen, um nach ihr zu suchen.

Noch nicht zumindest.

Jetzt konnte sie nur noch Kekse essen, ihr Wasser rationieren und sich Sorgen machen … nicht nur über die Biester hier auf dem Boot, sondern auch darüber, dass sie sich möglicherweise immer weiter ausbreiteten. Wie weit genau sie sich ausbreiten konnten, war momentan nur reine Spekulation, aber alles, was sie über Isopoden wusste, deutete in eine Richtung: Sie traten in Schwärmen auf und sie fraßen gern viel.

Und sie sind beim Fressen nicht wählerisch.

Sie lauschte und hoffte, erneut das Gewehrfeuer zu hören … hoffte, dass jemand unterwegs war, um sie zu retten.

Hoffte.

7

In Richtung Norden war der Himmel vom Flammenschein des immer noch brennenden Hauses und des Postbüros im Hafen erhellt. Das Feuer hatte die Biester zum Glück vertrieben. Im Moment war der Hof, auf dem sie standen ruhig und leer und sie hatten es geschafft, sich einen Weg durch einige Hinterhöfe zu bahnen, und ohne ein weiteres Zusammentreffen hierherzukommen. Hynd hatte sie in die dunklen Schatten eines kleinen Holzhauses geführt, eine Baumwollplane losgebunden und weggezogen, um zu enthüllen, womit sie ihren Weg fortsetzen konnten. Die langen, dünnen Boote ruhten auf einer Reihe dicker Holzstücke, damit sie Abstand vom Boden hatten und vor Eis und Frost geschützt waren.

Banks trat vor, um sich die Kajaks genauer anzusehen. Die Holzklötze, auf denen sie lagen, waren alt und an manchen Stellen verrottet, aber die Kajaks selbst sahen gepflegt aus und wirkten seetüchtig.

»Ich schätze mal, die benutzen sie hier nur im Sommer«, sagte Hynd leise neben seinem Ohr.

»Vermutlich generell eine gute Idee«, erwiderte Banks. »Leider können wir nicht warten. Bringen wir sie zur Vorderseite. Wenn die Biester immer noch am anderen Ende in der Nähe des Feuers beschäftigt sind, dann können wir uns vielleicht leise aus dem Staub machen. Wir sollten uns besser beeilen, Jungs. Das Feuer brennt nicht ewig, und wir müssen ein Boot kriegen, bevor es ohne uns losfährt.«

Der Trupp trug die Kajaks und Paddel um das Haus herum und die kleine Auffahrt bis zum Ufer entlang. Je zwei Männer trugen ein Kajak, solange, bis sie sechs davon am Ufer aufgereiht hatten. Banks blickte das Ufer auf und ab und sah, dass die Biester immer noch etwa hundert Meter in Richtung Norden konzentriert waren, in der Gegend des Hafens, nahe der ausgebrannten, qualmenden Ruine des Postamtes. Er stellte außerdem noch etwas anderes fest – er brauchte das Nachtsichtgerät nicht mehr. Der Himmel erhellte sich langsam im Osten, ein rotes Leuchten am Horizont, das darauf hinwies, dass die Dämmerung nicht mehr lange auf sich warten ließ. Das Erste, was Banks sah, als er das

Nachtsichtgerät abnahm, war Nolans bleiches Gesicht, der erschöpft die Kajaks betrachtete.

»Das ist bestimmt nichts für mich, Cap, mit den kaputten Beinen und so …«

»Klappe halten, Kumpel«, erwiderte Hynd. »Wir lassen dich nicht hier zurück. Diese Biester haben bereits Geschmack an dir gefunden. Die würden dich einfach zum Frühstück verspeisen.«

Banks wartete, bis der Rest des Teams sich in die langen Kajaks gesetzt hatte und jeder die wasserfeste Abdeckung an der Hüfte befestigt hatte, damit das eiskalte Wasser ihnen nicht über die Beine lief. Einen nach dem anderen schob er vom felsigen Ufer ins Wasser. Er war der Einzige, der sich nasse Füße holte. Um die Kälte abzuhalten, hatte er den Parka komplett geschlossen und die Kapuze fest über den Kopf gezogen, sodass der Pelzrand die schlimmste Kälte wenigstens ein wenig milderte. Er hatte die Waffe über die Jacke geschlungen und sie hing direkt vor seiner Brust, sodass er nur das Paddel fallenlassen musste, um sie zu ergreifen. Die Stiefel waren eng genug geschnürt, dass das trübe Wasser nicht eindringen konnte, aber die Füße fühlten sich trotzdem wie Eisblöcke an, als er die Beine in das Kajak steckte, auch wenn es ihm etwas wärmer wurde, als er die wasserdichte Abdeckung um sich herum festmachte. Mithilfe eines kräftigen Zugs von Sergeant Hynd rutschte er ins Wasser und konnte sich dem Rest des Teams anschließen, das in der flachen Brandung paddelte, die Position hielt und auf seine Befehle wartete.

Die krabbenartigen Biester hatten offenbar das Interesse an ihnen verloren und das Team konnte endlich lospaddeln, auch wenn sie im mit Eismatsch durchsetzten Wasser nur sehr langsam vorankamen. Sie paddelten, bis sie etwa zwanzig Meter vom Ufer entfernt waren. Der Himmel hatte sich deutlich aufgehellt und jeder im Team hatte sein Nachtsichtgerät mittlerweile verstaut. Ein rosa Leuchten über einem feurigen Orange erhellte den Horizont und es war vielleicht nur psychisch, aber Banks kam es tatsächlich wärmer vor, als der neue Tag anbrach, auch wenn er gleichzeitig Sorge hatte, dass sie nun deutlicher zu sehen waren, während sie sich dem russischen Schiff näherten.

Nolan sah jetzt sogar noch blasser aus und bei jedem Paddelschlag verzog er das Gesicht vor Schmerzen, aber er brachte dennoch ein dünnes Lächeln zustande, als sie alle nebeneinander paddelten.

»Wie geht's dir, Kumpel?«, fragte Banks.

»Ich nehme mal an, die alten Beine werden wohl noch ein paar Jahre ihren Dienst tun, Cap.«

Banks drehte sich, um einen Blick auf ihr Ziel werfen zu können. Das russische Boot lag etwa eine Meile vor der Küste vor Anker. Es würde schwer werden, durch den Schneematsch zu kommen, der an manchen Stellen sehr dick und mit Eisblöcken durchsetzt war. Das Boot selbst sah auf den ersten Blick wie ein für diese Gewässer typischer Frachter aus. Es war etwa hundert Meter lang mit einem hohen Deckaufbau am Heck und einem flachen Hauptdeck mit zwei großen Kränen, um Fisch aus- und einzuladen. Was an diesem Schiff anders war, war die Bohrplattform am Bug, höher als das Schiff selbst. Sie sah äußerst robust aus, auch wenn Banks sogar auf diese Entfernung Brandspuren von einem erst kürzlich erloschenen Feuer überall auf der Oberfläche erkennen konnte. Es waren keine Lichter an Bord zu sehen und kein Lebenszeichen an Deck oder auf dem Aufbau zu entdecken. Das Schiff lag vollkommen leblos im Wasser.

»Spionage-Boot … am Arsch«, sagte Mac und spuckte ins Wasser. »Die haben hier gebohrt.«

»Was glaubst du, Cap, worauf die aus waren?«, fragte Hynd.

Banks schüttelte den Kopf.

»Vielleicht Öl? Oder Gas? Könnte alles Mögliche sein. Wir wissen es erst, wenn wir dort sind und wir kommen nicht hin, wenn wir hier nur rumsitzen und uns den Arsch abfrieren. Haltet die Augen offen, falls ihr was seht, das uns Probleme machen könnte, egal was. Ihr wisst ja, wie's läuft. Wenn irgendein Arschloch anfängt, auf uns zu schießen, erledigt ihn. Wartet nicht erst auf einen Befehl.«

Sie alle sahen konzentriert auf das russische Schiff und erst als Mac sich umdrehte, um einen Blick zur Küste zu werfen, merkten sie, dass sich etwas verändert hatte. Der Hafenbereich war ruhig und leer. Die Biester waren offenbar mit der Dämmerung verschwunden. Das Einzige, was sich bewegte, waren dünne schwarze Rauchschwaden, die von den zerstörten ausgebrannten Gebäuden aufstiegen.

»Was zur Hölle ist da los, Cap?«, fragte Mac.

Doch Banks hatte immer noch keine Antwort für ihn.

»Haltet nach vorne und hinten Ausschau«, ordnete er an. »Die Mistviecher könnten überall sein und unsere Mission ist das Boot. Wir kümmern uns nur um die Biester, wenn wir müssen. Also los.«

Das Paddeln war genauso anstrengend, wie Banks befürchtet hatte und es schien doppelt so kalt zu sein wie vorher. Die erste Illusion von Behaglichkeit in den Kajaks war nur eine flüchtige Erinnerung, als eine eisige Brise über das Wasser blies und ihm sämtliche Wärme aus den Knochen pustete. Seine Arme fühlten sich wie gefrorenes Holz an, der Hintern wie ein Stein und die Füße spürte er gar nicht mehr. Aber er paddelte dennoch weiter, das war weitaus besser als die Alternative. Er behielt das Boot vor ihnen im Auge, aber je näher sie kamen, desto sicherer war er, dass es verlassen und niemand an Bord mehr am Leben war. Es würde nicht leicht sein, an Bord zu kommen. Er konnte keine Leitern oder Gangways sehen, mit denen sie auf das Deck gelangen konnten.

»Haltet auf den Bohrausleger zu, Jungs«, sagte er. »Das ist unsere beste Chance, nach oben zu kommen.«

Während sie näherkamen, sah Banks, dass immer noch zwei große Rettungsboote in ihren Halterungen am hinteren Ende des Schiffes befestigt waren. Was auch immer mit der Crew passiert war, sie hatte das Schiff nicht auf normalem Wege verlassen.

Wir haben hier offenbar ein echtes Geisterschiff vor uns.

Mac hielt genau auf die Bohrplattform zu, während der Rest von ihnen einige Meter zurückblieb. Banks nutzte die Gelegenheit, sich in alle Richtungen umzusehen, aber es schien so, als ob sie sechs die Einzigen wären, die sich in der Bucht bewegten. Es gab keine Vögel, was in diesen nördlichen Gefilden nicht ungewöhnlich war und es wühlten auch keine Wellen das Wasser auf. Selbst der Wind, der so eisig gewesen war, hatte sich in den letzten paar Minuten gelegt und eine flache, ruhige See zurückgelassen. Die ganze Bucht schien den Atem anzuhalten und zu warten.

Aber auf was?

Banks sechster Sinn war aufs Äußerste gespannt und mit den Jahren hatte er gelernt, ihm zu vertrauen.

»Mac?«, rief er. »Wie sieht's aus? Ich würde gern aus diesem Ding raus, bevor mir die Eier abfallen.«

»Komm näher, Cap«, rief Mac nach hinten. »Es gab wohl ein Feuer hier, aber die Struktur sieht stabil genug aus, dass wir bis zum Deck kommen können, wie ein geölter Blitz.«

Mac fuhr ihnen voraus in den Schatten des Bohrauslegers. Es fühlte sich hier kälter an, da sie sich nicht mehr in der Morgensonne befanden, aber sie hatten genug Platz, um die Kajaks schnell aus dem Wasser zu ziehen und zwei Meter weiter oben auf der Bohrplattform selbst festzumachen. Das war zwar Extraarbeit, aber Banks fühlte sich besser, wenn die Boote dort sicher verstaut waren, falls sie sich leise und schnell aus dem Staub machen müssen, ohne die Rettungsboote zu benutzen.

Fünf Minuten später hatten sie die Kajaks sicher auf der zweiten Etage der Bohrplattform verstaut und standen am Fuße einer Leiter, die bis auf das Deck führte.

»Zeit, sich an die Arbeit zu machen und das zu suchen, weshalb wir hier sind, Jungs. McCally und Briggs, ihr geht als Erste hoch. Mac, du gehst als Letzter. Vorsichtig sein und immer die Augen offenhalten. Leise zu sein, heißt nicht automatisch, sicher zu sein.«

Er spürte, wie jede Sprosse seine bereits geschwächten Arme Kraft kostete. Noch dazu vergrößerten die Handschuhe den Abstand von der Leiter so sehr, dass er jedes Mal, wenn er zupackte, Gefahr lief abzurutschen, aber er wusste, es war keine gute Idee, mit bloßen Händen hochzuklettern. Das kalte Metall würde ihm die Haut schneller von den Fingern schälen als eine Verbrennung. Hynd war vor ihm und Banks konzentrierte sich jeweils nur auf eine Sprosse und folgte dem Sarge hinauf. Das Gefühl, das sich beim Paddeln aus seinen Füßen und Knöcheln verabschiedet hatte, kehrte langsam zurück, als würde jemand einen Bunsenbrenner darunter halten und sein Atem gefror an dem Pelzrand der Kapuze zu kleinen Eistropfen. Aber er kam besser voran als Nolan hinter ihm, der stöhnte und sich bei jedem überwundenen Zentimeter beschwerte. Solange bis Mac, der unter ihm war, die Schnauze voll hatte.

»Wenn du dich nicht verdammt noch mal beeilst, dann schieß ich dir höchstpersönlich eine Kugel in den Hintern, Alter. Mach mal schneller, ich friere mir hier den Arsch ab.«

Sie kletterten weiter. Es waren nur fünfzig Sprossen, aber Banks spürte jede einzelne davon, und bis er sich auf das Deck gekämpft hatte, zitterten seine Arme und die Schultern taten ihm weh von dem Gewicht, das auf sie eingewirkt hatte. Zumindest war es hier oben ein wenig wärmer, und während er wartete, dass Nolan und Mac an Bord kletterten, hob er die Waffe, als ihm klar wurde, dass sie in diesem Moment am verwundbarsten waren. Aber das Schiff blieb ruhig … es fühlte sich ausgestorben an. Banks entspannte sich, sosehr er es zulassen konnte, und sah sich erst einmal gründlich um.

Hynd, McCally und Briggs hatten ebenfalls die Waffen in der Hand, aber es gab kein Anzeichen dafür, dass sie diese überhaupt brauchten. Auf den ersten Blick sah es so aus, als sei alles in Ordnung. Erst als Banks genauer hinschaute, erkannte er die Brandspuren. Besonders rund um den obersten Teil der Bohrplattform war das Metall verbogen und nicht mehr in seiner ursprünglichen Form, als hätte etwas Schweres darauf gesessen, das anschließend gewaltsam entfernt worden war. Noch dazu gab es eine Reihe von Kratzern und Kerben auf Deck, wie er sie schon einmal gesehen hatte, als sie an der Küste die toten Walrosse gefunden hatten.

Unsere bestialischen Freunde waren ebenfalls hier.

Es gab zwar keine Kadaver und keine verkohlten Panzer, aber als Banks ein paar Schritte vorwärtsgegangen war, fand er die ersten Anzeichen dafür, was mit der Crew passiert war. Eine lange, verschmierte Spur aus Blut und Fleischfetzen führte über das Deck und die Reling. Es erinnerte ihn nur allzu deutlich an die ähnlichen Schleifspuren, die sie bei den zerstörten Türen der Häuser am Ufer gefunden hatten. Doch da war noch etwas Anderes. Je genauer er hinsah, desto mehr entdeckte er tiefere Kerben und breitere, lange Kratzer, die bei Weitem zu groß waren, um von irgendeinem der Biester verursacht worden zu sein, die sie bisher gesehen hatten. Es sah ganz so aus, als wären es Spuren von einem Tier. Banks dachte darüber nach und war nicht glücklich über seine Schlussfolgerung.

Es gibt sie auch in größer.

Mac musste Nolan die übrigen paar Meter hochschieben und ihm über die Reling helfen. Der Ire hatte die letzte verbliebene Energie für den Aufstieg verbraucht, aber irgendwann waren schließlich alle an Deck, massierten sich die Arme und stampften mit den Füßen auf, um die erfrorenen Glieder aufzutauen.

»Gehen wir rein«, sagte Banks, »mal schauen, ob's da drin wärmer ist. Zumindest sind wir dort gegen die Kälte geschützt. Sehen wir uns als Erstes die Brücke an.«

»Soll ich jemanden mitnehmen und nach unten gehen, um den Maschinenraum zu checken, Cap?«, fragte Hynd.

»Negativ. Ich will, dass wir zusammenbleiben, bis wir wissen, was hier los ist. Das letzte Mal, als ich einen von euch allein losgeschickt habe, habt ihr eine Ladung hungriger Biester mitgebracht.«

Hynd lächelte.

»Zumindest haben wir ein kleines Feuerchen gemacht.«

Banks sah zu Nolan hinüber. Der Junge wirkte blass und todmüde.

»Dass du überhaupt noch stehen kannst, Nolan. Wir schauen mal, was da drinnen los ist, und dann soll sich Mac noch mal deine Verletzungen ansehen«, entschied er und Nolan reckte den Daumen in die Höhe. Doch er war sogar zu erschöpft, um zu lächeln.

»Eine Tasse Tee und eine Zigarette wären auch nicht schlecht, Cap. Mir geht langsam die Puste aus und mir reicht's erst mal mit dem Rumgerenne.«

Das geht uns allen so, dachte Banks, sprach es aber nicht aus.

»Mac, du hast recht. Wir sehen uns mal den Deckaufbau an und die Brücke. Je nachdem, was da oben los ist, beziehen wir dort erst mal Stellung.«

Was sie vorfanden, war ein leeres Schiff. Es gab noch weitere Blutspuren; viele davon, die alle über das Deck oder durch die Korridore führten und dann auf kürzestem Wege vom Schiff herunter. Was sie allerdings nicht fanden, waren Leichen, obwohl im Treppenhaus, das in den Deckaufbau führte, noch mehr Blut zu sehen war. Die Stufen klebten förmlich davon, auch wenn es schon geronnen und fast getrocknet war. Was immer hier passiert war, hatte, so wie es aussah, vor einem Tag oder höchstens sechsunddreißig Stunden stattgefunden.

Es war düster und fast stockfinster im Treppenhaus. Der Strom schien ausgeschaltet zu sein, denn man hörte kein Maschinengeräusch oder das Dröhnen eines Generators, nur das sanfte Schwappen der Wellen gegen den

Rumpf und ein langsames, fast nicht wahrnehmbares An- und Abschwellen der Brandung. Das einzige andere Geräusch waren die Schritte des Trupps auf den Stufen.

Banks sah nach oben an Mac vorbei das Treppenhaus empor und suchte nach Hinweisen auf einen möglichen Hinterhalt, aber er sah nur dunkle Schatten, keine Spur des blauen, lumineszierenden Leuchtens, das für ihn zum Erkennungsmerkmal der Biester geworden war.

Während sie nach oben stiegen, machte er sich klar, dass er automatisch davon ausging, dass die Kreaturen, die sie am Ufer angetroffen hatten, auch für das verantwortlich waren, was hier auf dem Boot passiert war. Er glaubte sowieso nicht an Zufälle und ganz sicher nicht in dem Ausmaß.

Aber was zum Teufel haben die Russen hier überhaupt gemacht? Und wo kamen diese Biester her?

Banks Hoffnung auf der Brücke ein paar Antworten zu finden, zerschlug sich schnell. Mac führte sie in einen ruhigen und vollkommen leeren Raum. Es gab keine Anzeichen einer Attacke, noch nicht einmal Blutspuren von Angriffen wie auf dem Deck. Es wirkte so, als hätte die gesamte Crew überstürzt das Schiff verlassen.

Es stand sogar noch eine Tasse mit kaltem Kaffee am Fenster der Brücke, von dem aus man das Deck überblicken konnte.

Hynd trat an die Steuerkonsole, überprüfte sie und schüttelte dann den Kopf.

»Es gibt keine Energie hier. Entweder haben sie die Maschinen ausgeschaltet oder irgendetwas hat das für sie erledigt. Wir müssen nach unten gehen, um es herauszufinden.«

»Später«, sagte Banks. »Nolan hatte einen guten Vorschlag. Wir haben schon zu lange keine Pause mehr gemacht. Raucht eine, wenn ihr noch welche habt und wir machen uns einen Tee. Wer hat den Kocher?«

Mac hatte den kleinen Campingkocher und die Zutaten für den Tee in seinem Rucksack. Sie entdeckten einen Wasserhahn in einer schmalen Kombüse neben der Brücke und das Wasser sah sauber genug aus, um es zu trinken. Banks konnte sich sogar eine Tasse heißen Kaffee machen, mit einer kleinen Quetschkanne aus einem der Schränke, in dem er auch ein Glas mit frisch gemahlenen kolumbianischen Bohnen fand. Darauf war ein Etikett, auf dem stand: *Privatvorrat des Kapitäns.*

Soll mir recht sein.

Er bereitete zwei starke schwarze Kaffees zu und nahm sie mit zu Hynd, der an der Tür stand und das

Treppenhaus beobachtete. Sie sprachen leise miteinander. Die anderen vier waren hinter ihnen in der Mitte des Raumes, saßen dort auf dem Boden, rauchten und tranken Tee und wirkten beinahe entspannt.

»Was ist hier passiert, Cap?«, fragte Hynd und nippte an seinem Kaffee, dann salutierte er scherzhaft vor Banks, zum Dank für das Getränk.

Banks schüttelte den Kopf.

»Wenn ich raten sollte, würde ich sagen, die Biester sind reingekommen, haben sie überrannt und sind dann wieder verschwunden. Was die Russen – oder diese Viecher – hier überhaupt zu suchen haben, ist hingegen das große Rätsel. Aber ich nehme mal an, es hat etwas mit dem Bohrturm zu tun, über den wir auf dem Weg hierher hochgeklettert sind.«

»Hast du schon das Logbuch gefunden?«

»Hab's nicht gesehen, aber ich nehme mal an, dass sich alles im Hauptcomputer befindet. Wir müssen ihn unbedingt wieder zum Laufen kriegen. Das ist im Moment das Wichtigste.«

»Zuerst müssen wir nach unten. Die Steuerung für den Generator ist garantiert da unten und außerdem …«, meinte Hynd.

»Ja, das hast du schon gesagt. Vielleicht hat sich irgendwas daran zu schaffen gemacht. Wir müssen runter und das überprüfen. Aber wir machen das alle zusammen. Ich gehe da kein Risiko ein; ich traue der ganzen Sache nämlich nicht. Wenn wir den Strom wieder ankriegen, dann fordere ich eine Evakuierung an und die Krawattenträger daheim sollen sich um die ganze Scheiße hier kümmern. Das ist einfach zu abgefahren, selbst für uns.«

»Hört sich nach einem Plan an«, entgegnete Hynd.

Banks gab dem Team genug Zeit, ihren Tee zu trinken und zwei Zigaretten zu rauchen, aber dann wurde es langsam spät. Der Schatten des Bohrturms zeigte den Lauf der Sonne an, indem er als dunkler, sich träge bewegender schwarzer Fleck über das Deck vor dem Fenster wanderte.

»Okay, Männer«, meinte er. »Auf die Beine. Es wird Zeit zum Abmarsch.«

Drei von ihnen standen auf, aber Nolan blieb auf dem Boden sitzen.

»Nolan?«

Der Ire sah Banks mit ängstlichem Blick an.

»Sag das nicht mir, sag das meinen Beinen, Cap«, erwiderte er. »Die Wichser wollen einfach nicht mehr.«

Sie hoben Nolan daraufhin vom Boden auf und setzten ihn in den großen Kapitänsstuhl an der Hauptkonsole. Mac schnitt die Bandagen ab und entfernte zuerst jene, die um die Fetzen der Hose des Iren gebunden waren, und dann die um die Wunden. Alle sahen sofort, dass die einst weiße Baumwolle eine üble grünliche Färbung angenommen hatte, und der Gestank ließ sie unweigerlich einen Schritt zurückweichen und durch die Nase atmen.

Nolan stand die Angst ins Gesicht geschrieben.

»Ist übel, oder?«, fragte er leise.

Mac legte dem Mann eine Hand auf die Schulter.

»Das müssen wir nur ein bisschen sauber machen, das ist alles. Könnte aber wehtun.«

»Ich kann unterhalb der Hüfte nichts mehr spüren, Mac«, sagte Nolan beklommen. »Ich hab schon nicht mehr viel gespürt, als wir in dem scheiß Kanu gesessen haben. Also mach einfach, was getan werden muss. Aber kann ich noch eine Zigarette haben?«

Banks sah zu, wie Mac die Bandagen entfernte. Die Wunden klafften sofort auf und das Fleisch auf beiden Seiten der Schnitte war deutlich nekrotisch und am Rand bereits schwarz. Auf ganzer Länge der Verletzungen trat grüne, widerliche Flüssigkeit aus den Wunden aus. So etwas Übles hatte er noch nie zuvor gesehen oder gerochen. Der grüne Eiter schien zu schäumen, als würde er tief im Muskel und in den Sehnen von Nolans Bein kochen. Abgesehen von sofortiger Amputation fiel Banks nur wenig ein, was den Mann noch retten könnte. Mac drehte sich um, sah ihn ernst an und schüttelte dann langsam den Kopf. Er war zum selben Schluss gekommen. Er hatte einfach nicht genug Erfahrung, um etwas Wirkungsvolles gegen so etwas unternehmen zu können.

»Kannst du mit den Zehen wackeln, Pat?«, fragte Mac Nolan. Er wickelte neue Bandagen um das Bein des Iren, aber sobald er sie auflegte, wurden sie direkt wieder von der grünen Flüssigkeit durchweicht.

Nolan lachte bitter und nahm einen tiefen Zug von der Zigarette, bevor er antwortete.

»Ich kann nicht mal mehr mit dem Pimmel wackeln«, sagte er. Er sah zu Banks hoch. »Es breitet sich aus, Cap, als würde ich mich von den Füßen nach oben in Eis verwandeln. Ich nehme mal an, es ist ein Gift. Irgendein Toxin auf ihren Klauen, vielleicht? Ich kann euch nur raten, die Wichser nicht zu nah an euch rankommen zu lassen. Aber zumindest werde ich nicht mehr suspendiert, weil ich geschossen habe, als ich es nicht sollte. So hat die Sache auch was Gutes.«

»Glaub das bloß nicht, Kumpel. Du hast zwei Wochen Kartoffelschälen vor dir.«

Nolan lachte, musste dann husten und verschluckte sich. Sein Gesicht war schmerzverzerrt.

»Kann ich jetzt schon damit anfangen?«, fragte er.

Banks fiel keine Antwort ein, deshalb mischte sich Mac ein.

»Können wir dir irgendwas bringen?«, fragte Mac. Alle wussten, was er meinte. Die Chancen, dass Nolan je wieder aus dem Stuhl aufstand, waren gering.

»Nee, Jungs, geht ruhig und macht euren Job«, sagte Nolan. »Lasst mir einfach ein paar Zigaretten hier. Ich halte euch den Rücken frei. Bringt mir aber vielleicht eine Portion *Fish and Chips* und eine Flasche *Jameson's* mit, okay?«

Sie schüttelten Nolan nacheinander die Hand. Banks kam als Letzter.

»Behalte die Tür im Auge«, sagte er. »Wenn es nicht einer von uns ist, dann erledige ihn sofort.«

Nolan lachte und sie ignorierten beide die Tränen, die ihm dabei die Wangen hinab liefen.

»Scheiße, Cap«, sagte er. »Wenn du mir keine *Fish and Chips* mitbringst, dann erschieße ich dich vielleicht einfach nur aus Prinzip. Also los. Das Ganze geht mir schon bis zum Bauch. Wenn es die Brust erreicht, werde ich wohl nicht mehr lange atmen können.«

Banks schüttelte dem Iren die Hand. Sie war so eisig, wie das Wasser, durch das sie am Morgen gewatet waren, aber Nolan erwiderte den Händedruck dennoch und ließ erst los, als Banks sich umdrehte. Er warf einen letzten Blick auf Nolan, als er noch einmal zurückblickte, bevor er den Raum verließ. Der Ire hatte das Gewehr auf die Tür gerichtet und zündete sich jetzt am Stummel der letzten eine neue Zigarette an. Er salutierte Banks und dieser salutierte zurück, bevor er sich umdrehte und zum Treppenhaus ging, um sich den anderen anzuschließen.

8

Sie konnte nicht genau sagen woher, aber irgendwie wusste Svetlanova, dass sie nicht länger allein auf dem Boot war. Sie hatte es weniger gehört als gefühlt; eine subtile Veränderung der Atmosphäre, ein Gefühl von Leben an einem Ort, an dem nur noch der Tod geherrscht hatte. Der Eindruck einer Präsenz wurde schnell durch den schwachen, aber unverwechselbaren Geruch von Zigarettenrauch bestätigt, der von irgendwo aus dem Boot zu ihr zog.

Sie überlegte, ob es das Risiko wert war, nachzusehen. Gedämpftes Licht kam unter der Tür durch und mithilfe der Uhr in ihrem Diktiergerät wusste sie, dass es bereits Morgen war.

Meistens kommen sie nachts. Meistens nachts.

Plötzlich beherrschte der Gedanke an eine Zigarette ihr gesamtes Denken. Bevor sie auf dem Schiff angekommen war, hatte sie vielleicht zwei oder drei am Tag geraucht, doch dann hatten zuerst die Langeweile und dann der Stress dafür gesorgt, dass ihr Konsum sich allzu schnell wieder zur Sucht ausgewachsen hatte.

Ich werde nicht draufgehen, nur weil ich eine rauchen will. Das werde ich nicht.

Aber sie konnte auch nicht ewig in der Speisekammer bleiben, egal wie sicher sie sich hier auch fühlte. Es hatte von draußen schon viele Stunden lang keine Geräusche herumwuselnder Biester mehr gegeben oder schimmerndes, blaues Licht.

Sie war allerdings zu sehr Pessimistin, um zu glauben, dass die Biester beschlossen hatten, sich zu verziehen, aber sie brauchte menschlichen Kontakt, wenn sie hier drin nicht durchdrehen wollte.

Und ich hab keine Zigaretten mehr.

Sie machte die Tür einen Spalt auf und spähte in den Korridor.

Es war alles ruhig und keine Bewegung war zu sehen, auch wenn sie wieder das Gefühl hatte, nicht länger allein zu sein.

Der Geruch des Zigarettenrauchs war hier noch stärker und der Gedanke daran, eine zu rauchen und mit anderen Menschen sprechen zu können, war genug, ihr den Mut zu geben, den sie bisher nicht hatte aufbringen können. Sie trat aus der Vorratskammer in den Korridor und ging in Richtung des Rauchgeruchs.

Der erste Raum zu ihrer Rechten war die Hauptkombüse. Sie war leer und still. Normalerweise war hier das Geschepper und Geklapper der Pfannen und eifrige Betriebsamkeit zu hören gewesen. Es gab keine Leichen und keinen Hinweis, dass etwas nicht in Ordnung war. Es sah ganz so aus, als warte der Ort nur darauf, dass die Küchenmannschaft kam und das Frühstück machte. Die Messe, der nächste Raum den Korridor entlang, sah hingegen schon ganz anders aus. Die Tische und Stühle waren umgeworfen worden, Geschirr war auf dem Boden verteilt und zerbrochen und Blut, viel zu viel Blut, war über jede Oberfläche gespritzt … Blutspritzer aus Arterien sogar bis an die Decke. Geronnenes Blut und Fleischfetzen hatten die Bullaugen verklebt und das gedämpfte Licht von draußen tauchte die ganze Szenerie in einen roten, höllischen Farbton.

Sie wich erschrocken zurück, in dem Moment, als sie sah, dass sie durch blutigen Matsch lief. Der gesamte Boden war damit bedeckt, ebenso der Türdurchgang, wo man sehen konnte, dass die Leichen in den Korridor und zur Tür hinausgeschleppt worden waren, die auf das Deck führte.

Sie ging bewusst in die andere Richtung, denn sie war noch nicht bereit dazu, sich ins Freie zu trauen. Sie fühlte sich sicherer von Wänden umgeben. Sie bewegte sich leise, denn sie wollte ihre Anwesenheit nicht verraten und gleichzeitig hören, ob tatsächlich jemand anderes auf dem Schiff herumschlich. Sie erreichte jetzt das Treppenhaus, das zum Deckaufbau führte. Der Geruch nach Zigaretten war hier noch stärker, und als sie durch die Tür trat, hörte sie etwas … etwas vollkommen Unerwartetes. Eine Stimme, die auf Irisch sang, hoch und klar, ein altes Lied, das Svetlanova in Bars und Klubs auf der ganzen Welt gehört hatte. Sie hatte nie damit gerechnet, es hier zu hören, auf einem Schiff, das sie für vollkommen ausgestorben gehalten hatte.

So fare thee well my own true love
When I return united we will be
It's not the leaving of Liverpool that grieves me
But my darling when I think of thee

Sie folgte der Stimme und dem Zigarettenrauch, die sie die Treppe hinaufführten.

So fare thee well my own true love. When I return united we will be. Der Sänger wiederholte den Refrain, verstummte dann aber nach der ersten Zeile und man hörte ein rasselndes Husten, das durch das gesamte Treppenhaus schallte, gefolgt von einem leisen *Fuck*.

Sie hatte die Quelle lokalisiert. Der Sänger war auf der Brücke. Sie stieg schnell die Treppe hoch, bis sie vor der Tür stand und beschloss, dass es wohl am besten sei, sich diskret bemerkbar zu machen.

»Hallo?«, rief sie laut auf Englisch und nahm an, dass das wohl die beste Wahl war, nachdem sie das Lied und den Fluch gehört hatte.

Sie erhielt ein weiteres Husten als Reaktion, dann antwortete eine leise Stimme.

»Entweder bin ich tot und schon im Himmel oder da ist tatsächlich eine Frau an der Tür. Wer ist da?«

»Svetlanova. Wissenschaftsoffizierin«, sagte sie. »Von der Crew dieses Schiffs.«

»Na, dann kommen Sie mal rein, Svetlanova, Wissenschaftsoffizierin, und lassen Sie sich mal ansehen. Aber ein Wort der Warnung: Ich hab ein Gewehr auf die Tür gerichtet und meine Nerven sind nicht gerade die Besten, also wenn Sie etwas in der Hand haben, sollten Sie es besser hinlegen.«

Svetlanova steckte daraufhin das Diktiergerät in die Tasche – sie hatte bisher nicht einmal gemerkt, dass sie es noch in der Hand hielt – und trat mit erhobenen Händen durch die Tür.

Ein blasser, aschfahler Mann saß im Stuhl des Kapitäns. Die ersten paar Schritte in den Raum hinein sah sie nur die Waffe … die schwarze Mündung des Laufs, der direkt auf sie zeigte … aber nach ein paar Sekunden ging sie davon aus, dass sie nicht erschossen wurde, und sah sich den Mann genauer an. Er war offensichtlich krank, schwer krank. Seine Augen lagen dunkel und eingesunken in den Höhlen, kalter Schweiß rann über seine Stirn und die Lippen sahen ausgetrocknet, blutleer und fast grau aus.

Er trug eine schwere Kapuzenjacke, aber seine Beine waren fast nackt und als sie nähertrat, sah sie auch, wieso. Ein Häufchen schmutziger Bandagen lag auf dem Boden und grüne Flüssigkeit sickerte aus tiefen Wunden an den Schienbeinen des Mannes. Sie musste nicht allzu lange überlegen, um zu wissen, was mit dem Mann passiert war.

Der ist mit den Isopoden zusammengestoßen, oder sie mit ihm.

»Wer sind Sie und wieso sind Sie hier?«, fragte sie.

»Ich wollte gerade dasselbe zu Ihnen sagen, Schätzchen«, antwortete er und versuchte zu lachen, aber es kam nur ein Husten dabei heraus. Er legte die Waffe auf den Schoß, dann versuchte er sich eine Zigarette anzuzünden, aber er verlor die Kontrolle über seine Finger und schaffte es nur, das Feuerzeug auf den Boden fallen zu lassen.

»Verdammt«, sagte er und hustete wieder. Das Geräusch wurde begleitet von einem tiefen Rasseln in seiner Brust, als würde sich etwas Feuchtes darin bewegen.

Er stirbt.

Sie trat einen Schritt vor, versuchte die Waffe zu ignorieren und hob das Feuerzeug auf. Dann entzündete sie die Zigarette für ihn.

»Sie haben nicht zufällig noch eine davon?«, fragte sie hoffnungsvoll.

»In meiner Jacke, obere Tasche auf der linken Seite«, flüsterte er. »Sie könnten ein wenig an meinem Nippel spielen, während Sie schon dabei sind. Ist vielleicht meine letzte Chance.«

Sie fischte eine blau-weiße Packung heraus, von einer Marke, die sie nicht kannte, *Embassy Regal*, aber sie schmeckten ganz gut, als sie eine anmachte. Nicht so stark, wie sie gewöhnt war, aber besser. Der erste Zug war angenehm und sie spürte sofort die Wirkung des Nikotins im Kopf.

Der Ire lächelte.

»Ich mag Frauen, die gern rauchen.«

Eine Weile qualmten sie sich gegenseitig voll. Sie inhalierte tief, weil sie es genoss und weil es außerdem half, den Gestank zu überdecken, der fast beißend und unangenehm von den schwärenden Wunden an den Beinen des Mannes aufstieg. Er merkte, dass sie ihn anstarrte.

»Man hab ich ein Glück. Da treffe ich die einzige Frau in tausend Meilen Umkreis und in der Hose ist alles abgestorben.«

»Was machen Sie hier?«, fragte sie erneut.

Er lachte, hustete und lachte wieder.

»Wir versuchen herauszufinden, was *Sie* hier machen. Die Regierung ihrer Majestät wurde neugierig und hat uns geschickt.«

»Special Forces?«

»Genau die. Nur im Moment nicht ganz so special. Ich bin nämlich nicht gerade in einem guten Zustand.« Er hustete wieder und dieses Mal war Blut auf seinen Lippen zu sehen. Blut und eine Spur Grün.

»Mein Captain wird mit Ihnen reden wollen«, sagte er.

»Ich mit ihm ebenfalls. Wo ist er?«

»Im Maschinenraum«, sagte der Mann und hustete wieder, dieses Mal noch schlimmer. Blut und grüne Flüssigkeit bildeten Blasen auf seinen Lippen. »Geben Sie ihm einen Kuss und sagen Sie ihm liebe Grüße von mir.«

»Was ist mit Ihnen passiert?«

»Ich hab Filzläuse«, erwiderte er und versuchte zu lachen, doch dann hörte er schnell damit auf, als er noch mehr Blut und Schleim aushusten musste. »Eine ziemlich üble Sorte allerdings. Ich würde von den kleinen Biestern wegbleiben, wenn ich Sie wäre. Die sind nicht sehr nett.«

Er ließ den Zigarettenstummel auf den Boden fallen. Seine Augen waren bereits glasig und blutunterlaufen mit einem grünen Schimmer.

»Wenigstens hab ich noch mal eine schöne Frau gesehen, bevor es zu Ende geht«, sagte er. »Also danke, Süße.«

Damit war er am Ende. Er starb von einem Moment auf den anderen. Grüne Flüssigkeit tropfte aus seiner Nase und dem Mund, die Wunden an den Beinen schäumten und warfen Blasen und die Brust sank nach innen, als würde sie kollabieren. Svetlanova musste sich beeilen. Sie schnappte sich die Waffe des Mannes und nahm sie mit, als sie zur Tür ging. Der Gestank strömte auf sie ein und drohte sie zu überwältigen. Sie sah noch ein letztes Mal zurück. Der Körper des armen Mannes schien irgendwie zu schmelzen, man konnte sehen, dass er in seiner Kleidung förmlich zusammenschrumpfte.

Ich hab ihn nicht einmal nach seinem Namen gefragt.

9

Die elektrische Hauptschalttafel befand sich in einem kleinen Raum am Eingang zum Maschinenraum und Banks war dankbar, dass sie nicht allzu weit im Dunkeln herumstolpern mussten, um sie zu finden.

»Wir brauchen nicht das ganze Boot zu beleuchten. Das wollen wir auch gar nicht«, sagte er zu Briggs und McCally. »Schaltet nur den Strom für die Brücke wieder ein. Ich brauche unbedingt die Informationen, die in den Computern gespeichert sind. Je schneller wir das hinkriegen, desto schneller können wir auch wieder heim.«

Es gab hier unten Spuren von noch mehr Tod und Blutvergießen. Kratzer und Kerben auf dem Boden und den Wänden, Blutspritzer und Kotspuren, wo die Toten weggezerrt worden waren. Banks setzte sein Nachtsichtgerät auf, ging drei Schritte über die Gangway, die den Hauptmaschinenraum überspannte und sah sich genauer um.

Es war keine große Überraschung für ihn, dass der Strom auf dem Schiff weg war. Das Überraschende war eher, dass es überhaupt noch schwamm. Stromleitungen waren aus den Führungen gerissen worden. Die Neonröhren hatte man aus den Fassungen gerupft, sodass man ohne Nachtsichtgerät mit dem Kopf dagegen stoßen würde. Ein großer Heizkessel war umgestoßen worden … er hatte Löcher, als wäre er aufgerissen worden, und selbst der Rumpf war durchlöchert, knapp über der Wasserlinie am anderen Ende des großen, höhlenartigen Raumes. Das Wasser stand einen halben Meter tief auf dem Boden der Kammer und schwaches Tageslicht war durch das zerstörte und zerfetzte Metall zu sehen, das aussah, als wäre es so einfach wie Papier in Fetzen gerissen worden.

Hynd stellte sich neben Banks und pfiff anerkennend durch die Zähne angesichts des Anblicks.

»Wer hat das denn angerichtet, Cap? Ein Eisberg?«, fragte er.

»Aye, vielleicht … vielleicht aber auch der große Bruder von einem dieser kleinen Biester«, erwiderte Banks. »Falls es da noch so ein großes Mistvieh gibt, dann hoffe ich, dass es möglichst viel Abstand hält. Je schneller wir wieder von diesem Schiff runter sind, desto besser.«

»Glaubst du, Nolan hält durch?«, fragte Hynd. Es war das erste Mal, dass einer von ihnen darüber redete. Es verstieß nämlich gegen den Kodex, einen Mann zurückzulassen, aber sie alle wussten, wie es lief. Die Mission hatte immer Vorrang. Das war das Erste und das einzige Gesetz, an das sie sich halten mussten, egal wie viele Opfer man dafür in Kauf nehmen musste. Einen Mann zu verlieren, tat immer weh und Banks wusste genau, dass Nolan verloren war. Er hatte es im Gesicht des Mannes sehen können und hatte es am Verrottungsgestank seines Körpers wahrgenommen. Hynd hatte es offenbar auch gesehen, denn er rechnete nicht wirklich mit einer Antwort auf die Frage und redete nur, um etwas – egal was – in der Totenstille zu hören, die über dem gesamten Maschinenraum lag. Banks wusste, wie der Sarge sich gerade fühlte; sie waren schon früher an ausgestorbenen Orten gewesen … verlassene Kraftwerke, Fabriken, sogar ganze Städte. Aber diese hatten sich immer tot und leblos angefühlt und keiner der Orte hatte je einen so bedrohlichen Eindruck gemacht, wie dieser hier. Er fühlte sich wie eine Maus, die um eine Mausefalle herumschlich, weil sie wusste, dass dort drin etwas war, das sie brauchte, gleichzeitig jedoch wusste, dass es schlimme Konsequenzen haben würde, es zu nehmen, es aber dennoch an sich bringen musste.

Und ich kenne Hynd gut genug, um zu wissen, dass er sich gerade genauso fühlt.

Er drehte sich zu dem anderen Mann um und gab ihm einen Klaps auf den Oberarm.

»Noch eine halbe Stunde, das ist alles. Wenn wir die Computer wieder mit Strom versorgen können, dann kriege ich die Informationen, kann sie schnell durchgeben und schon sind wir zurück in den Kajaks und unterwegs zum Rendezvous-Punkt.«

Hynd bekam keine Gelegenheit zu antworten, denn plötzlich war ein lautes Klatschen von der anderen Seite des Maschinenraums zu hören, in der Nähe des Risses im Rumpf. Beide Männer drehten sich gleichzeitig in die Richtung, sahen aber nichts weiter als Wellen, die über den überfluteten Boden liefen. Das war das einzige Anzeichen, dass sich etwas bewegt hatte.

Banks ging zurück zu McCally und Briggs, die weiterhin an der Schalttafel arbeiteten.

»Schon was erreicht, Männer?«

»Vielleicht«, erwiderte Briggs. »Gib uns noch fünf Minuten, Cap.« Noch ein Platschen irgendwo im Maschinenraum ertönte, dieses Mal deutlich näher.

Weitere Wellen, die durch den überfluteten Raum liefen, waren zu sehen, aber Banks entdeckte sonst nichts, das sich bewegte.

»Sollen Mac und ich mal einen Blick riskieren, Cap?«, fragte Hynd.

Banks schüttelte den Kopf und ging zurück zu der Stelle, wo die Gangway auf den Hauptkorridor traf. Von dort aus konnte er den gesamten Maschinenraum überblicken und sich schnell zurückziehen, wenn es sein musste.

»Nein, niemand wird hier unten etwas Dummes machen. Hier wird nicht durch dunkle Räume geschlichen, wir teilen uns auch nicht auf oder schreien rum, um zu sehen, ob jemand da ist. Wenn hier noch mehr von diesen Biestern sind, dann lassen wir sie einfach in Ruhe, wenn sie uns in Ruhe lassen. Einverstanden?«

Hynd nickte.

»Einverstanden.«

»Wir sind fast so weit, Cap«, sagte Briggs. »War ein Kinderspiel.«

Ein noch lauteres Platschen hallte durch den Maschinenraum. Banks machte einen Schritt zurück auf den Laufgang und versuchte zu erkennen, woher das Geräusch gekommen war, doch er musste sich nicht groß umsehen. Eines der Biester stand nämlich genau zwischen ihm und dem Loch im Rumpf.

Dieses Tier war größer – sehr viel größer. So groß wie ein Kleinwagen.

Zuerst konnte man nur den harten Rückenpanzer über dem Wasser sehen. Das dunkle Oval bewegte sich plötzlich vorwärts und verursachte noch mehr Wellen in dem überfluteten Raum. Dann kam es aus dem Wasser. Es krabbelte auf der gegenüberliegenden Seite den Rumpf hoch. Es war so groß, dass sein Kopf beinahe auf einer Höhe mit Banks war, der immer noch auf dem Laufgang stand, der den Maschinenraum wie eine Empore umgab, bevor es ganz aus dem Wasser kam. Er konnte es genauer sehen, als es höher kletterte. Die harte Schale sorgte dafür, dass es so gut geschützt war wie ein Panzer. Jedes der Beine sah größer aus als ein Mann und am Ende saßen hakenförmige Krallen, die so lang wie Banks' Hand waren und doppelt so dick. Zwei lange Antennen wuchsen aus seinem Kopf, etwa eineinhalb bis zwei Meter lang, jede mindestens drei Zentimeter dick und stabil wie ein Stahlseil. Damit nahm die Bestie offenbar Witterung auf und betastete den Rumpf, als versuche sie zu entscheiden, welchen Teil sie fressen sollte. Eine flackernde blaue Lumineszenz erleuchtete den Bauch des Biestes, und er schätzte, dass es etwa drei, vielleicht sogar vier Meter lang war, vom Kopf bis zum Stummelschwanz.

Er kämpfte den fast überwältigenden Drang nieder, die Waffe zu heben und diesem Ding ein paar Kugeln zu verpassen, aber sein eigener Befehl hallte ihm in den Ohren.

Wir lassen sie in Ruhe, wenn sie uns in Ruhe lassen. Einverstanden?

»Einverstanden«, flüsterte er und machte einen Schritt zurück an den Rand der Empore. Er sah, dass Hynd über die Schulter blickte und instinktiv nach der Waffe griff. Er legte dem Mann daraufhin eine Hand auf den Arm und schüttelte den Kopf, sagte aber kein Wort, sondern gab Hynd und Mac nur ein Handzeichen, dass sie zurückweichen sollten, bis sie an der Tür des Raumes angelangt waren, in dem die beiden anderen Männer an der Schalttafel arbeiteten.

»Was zur Hölle ist da los, Cap?«, fragte Mac in einem lauten Flüsterton, den Banks verstummen ließ, indem er einen Finger an die Lippen hielt. Zum Glück verstand jeder sofort, worauf er hinauswollte. Sie blieben still stehen und atmeten kaum, als das Ding nur wenige Meter von ihnen entfernt durch den Maschinenraum platschte. Banks versuchte nicht zu genau darüber nachzudenken.

Was, wenn es sie riechen konnte oder irgendeinen anderen Sinn nutzte, um sie aufzuspüren? Was, wenn es selbst jetzt sein Gift in die Luft versprühte? Was, wenn sie es alle einatmeten? Was, wenn …?

Er zwang sich dazu, sich zu beruhigen, und gab McCally ein Zeichen, dass sie weiter an der elektrischen Schalttafel arbeiten sollten.

Es ist nur eine Assel. Eine große Assel, okay. Aber trotzdem nur eine Assel.

Er versuchte es wirklich zu glauben, aber es fiel ihm schwer.

Schließlich reckte Briggs den Daumen in die Luft und er sah, dass jetzt zwei kleine LEDs an der Schalttafel leuchteten. Er streckte zur Antwort ebenfalls den Daumen in die Höhe.

Dann mal nach oben.

Dieses Mal ging er vorneweg und verließ den Maschinenraum. Er stieg die Treppe hoch in den Korridor dahinter, und beinahe wäre er mit einer sehr überrascht aussehenden Frau zusammengestoßen, die ein Gewehr in der Hand hielt.

Er wusste nicht, wer von ihnen beiden mehr geschockt war, aber er war professionell ausgebildet. Deshalb schnappte er sich die Waffe, bevor sie auch nur zucken konnte.

Er sah, dass sie etwas sagen, oder ihn möglicherweise auch anschreien wollte, also tat er das Einzige, was ihm einfiel. Er gab die Waffe nach hinten weiter; jemand nahm sie ihm ab, aber er drehte sich nicht um, um zu sehen, wer es war. Er presste der Frau die Hand auf den Mund, damit sie keinen Mucks von sich gab, und zog sie den Korridor entlang. Er schob sie in den ersten Raum, an dem sie vorbeikamen. Er sah aus, wie die Kabine eines Maschinisten. Sein Team betrat den Raum ebenfalls und Hynd bewachte die Tür.

»Das ist Nolans Waffe«, sagte Mac neben ihm angespannt. »Wie haben Sie die gekriegt?«

Die Frau sah blass aus und machte große Augen, aber er musste zugeben, dass sie die Fassung wirklich schnell wiedergefunden hatte.

»Er hat sie mir gegeben«, sagte sie mit starkem Akzent. Sie vermied es, Mac anzusehen, und schaute stattdessen Banks in die Augen. »Er hat mir gesagt, dass ich nach Ihnen suchen soll.«

»Wo ist er?«, fragte Mac und schrie dabei beinahe, sodass Banks eine Hand hob, um ihn zu stoppen.

»Er ist genau dort, wo Sie ihn zurückgelassen haben. Er lag im Sterben, nun ist er tot«, sagte sie leise. »Ich war beim ihm, als es zu Ende ging.«

Mac verstummte und Banks sah die Wahrheit in den Augen der Frau. Er war nicht einfach friedlich entschlummert.

Und wir haben ihn dort allein zum Sterben zurückgelassen.

Doch damit musste er sich später befassen, in den langen, dunklen Nächten. Im Moment hatte er keine Zeit für Schuldgefühle.

»Sie sind Russin, oder? Sind Sie von der Crew?«

»Ich bin die wissenschaftliche Leiterin, Svetlanova«, erwiderte sie. »Ich glaube, ich bin die Einzige, die hier noch übrig ist.«

»Nun wissenschaftliche Leiterin: Ich wäre Ihnen dankbar, wenn Sie mir sagen könnten, was hier genau vor sich geht.«

Sie griff langsam in die Tasche und holte das Diktiergerät heraus.

»Hier ist alles drauf«, sagte sie. Irgendwo über ihnen hörte man jetzt ein Krabbeln und ein Kratzen, das von einem hohen Summen begleitet wurde, das mit jeder Sekunde lauter wurde. »Wollen Sie es jetzt hören oder sollen wir erst mal irgendwohin, wo es sicher ist?«

Banks sah hinüber zu Hynd, der den Korridor in beide Richtungen überprüfte und dann nach oben zeigte. Das Geräusch wurde immer schriller und es war ein heftiges Kratzen und Schaben von vielen Beinen auf dem Blech des Decks zu vernehmen.

»Die sind genau über uns, Cap.«

»Es hört sich nach mehr an, wie die, die wir im Hafen gesehen haben und nicht wie das große Monstrum unten. Okay. Vergesst die Computer. Wir haben die wissenschaftliche Leiterin. Es ist Zeit zu verschwinden. Wir gehen in Richtung Bug. Dort nehmen wir eines der Rettungsboote, um wieder an Land zu kommen.«

»Wir können nicht …«, wollte die Frau erklären, bevor sich Banks ihr wieder zuwandte.

»Doch können wir«, sagte er. »Sie kommen entweder mit uns oder Sie bleiben hier bei denen.« Er zeigte mit dem Daumen nach oben. »Was soll's sein?«

»Aber …«

Banks nahm ihr das Diktiergerät ab und verstaute es in seinem Parka. Er hörte ihr nicht mehr zu, denn er hatte jetzt andere, wichtigere Dinge zu erledigen. Der Lärmpegel über ihnen wurde nun beinahe ohrenbetäubend; ein Kratzen und Schaben, als versuche jemand, von oben an sie heranzukommen. Dann erinnerte er sich wieder an die Biester an der Tür des Postamtes, die kurzerhand Metallstreifen aus der Stahltür und dem Rahmen gerissen hatten.

Vielleicht ist es genau das, was sie da gerade versuchen.

»Ihr habt's gehört«, sagte er zu den Männern. »Also los. Mac, du bist an der Spitze. Zu den Rettungsbooten, so schnell es geht.«

Der Korridor, in dem sie waren, reichte fast über die ganze Länge des Schiffs. Banks sah nach oben, als sie am Treppenhaus zur Brücke vorbeikamen.

Ich sollte nach Nolan sehen. Nur, um wirklich ganz sicher zu sein.

Aber er hatte im Gesicht der Frau gesehen, dass sie die Wahrheit gesagt hatte, als sie von dem Tod des Mannes sprach. Außerdem wurde der Lärm immer lauter. Wo die Biester auch stecken mochten, sie kamen näher.

Wir sitzen wie die Ratten in der Falle.

Sie kamen an der Messe vorbei, die aussah, als hätte dort ein blutiger Kampf stattgefunden, und an einer Speisekammer, deren Tür offenstand. Die Frau blieb einen Moment lang stehen und ging dann mit ihnen weiter, als hätte sie innerlich eine Entscheidung getroffen. Sie bewegten sich immer schneller, als sie zum hinteren Teil des Bootes kamen, und endlich wurde der Lärm in ihrem Rücken leiser.

Wir sind schneller als sie.

Sie kamen schon Sekunden später am Heck an, am Fuße eines weiteren Treppenhauses. Wenn Banks Vorstellung vom Grundriss des Schiffs und seine Berechnungen richtig waren, dann würde die Treppe zu einer Tür nach draußen führen und anschließend auf ein kleines Deck hinter dem Aufbau, auf dem die Rettungsboote hingen. Mac war schon halb den ersten Treppenabsatz hochgegangen und das Licht an seinem Gewehr schwang wild von links nach rechts, als er die Ecken überprüfte.

»Nichts zu sehen«, rief er nach unten.

»Also hoch«, rief Banks, »und keine falschen Heldentaten. Wir steigen alle gemeinsam in das Boot und verschwinden so schnell wie möglich von hier. Alles klar?«

»Klar«, antworteten die Männer, wie aus einem Mund. Die russische Frau hingegen sah nach oben, als wolle sie etwas sagen, aber Banks eilte schon weiter die Treppen hoch.

Sie kamen nach draußen und blinzelten in dem zu hellen Tageslicht auf dem verlassenen Hinterdeck. Bank verließ sofort der Mut. Ja, die Rettungsboote hingen in ihren Halterungen, aber es gab einen guten Grund, wieso sie bisher nicht benutzt worden waren. Sie alle hatten Löcher. Die Biester waren offenbar zuerst bei den Booten gewesen, denn der Holzrumpf war von innen heraus aufgerissen worden. Das Boot auf der Backbordseite war allerdings in einem besseren Zustand als das andere. Das Loch dort hatte nur die Größe eines Footballs. Doch als Banks die Strecke bis zum Ufer überschlug und die Zeit, die sie bis dahin brauchen würden, wurde ihm klar, dass selbst das kleine Loch zu groß war. Sie würden im eiskalten Wasser schwimmen, bevor sie auch nur die halbe Strecke geschafft hatten.

»Ich dachte mir schon, dass das vielleicht passiert ist. Ich wollte es euch ja sagen …«, meinte die russische Frau.

»Gib dir beim nächsten Mal mehr Mühe, Mädel«, entgegnete Mac gereizt.

Hynd war bereits an der Backbordseite und sah in Richtung des Bohrturms. Er drehte sich zu Banks um und schüttelte den Kopf. Banks wusste sofort, was er damit meinte.

Die Biester sind oben auf dem Deck und es gibt keinen Weg hindurch.

Sie hatten noch zwei Optionen – wieder unter Deck zu gehen oder sich nach oben auf der Außentreppe des Deckaufbaus weiterzubewegen. Er verschwendete keine Zeit, um eine Entscheidung zu treffen.

»Nach oben, Mac«, sagte er. »Ich muss einen Funkspruch absetzen und wir brauchen einen Punkt weit oben im Freien, um das beste Signal dafür zu haben.«

Mac ging voraus, der Rest folgte ihm. Die Treppen führten sie auf die Steuerbordseite und als er nach oben stieg, hatte Banks freie Sicht auf das, was Hynd schon von unten gesehen hatte. Die Biester waren zurückgekehrt und das in Massen.

Der Schwarm bedeckte das gesamte Vorderdeck. Die meisten von ihnen waren so groß, wie diejenigen, auf die sie im Hafen am Postamt gestoßen waren, aber oben auf dem Bug in Richtung der Bohrplattform gab es welche, die so groß waren, wie das Biest, das sie im Maschinenraum gesehen hatten, drei oder vier Meter lang, vielleicht sogar noch größer. Die großen schienen die kleineren zu fressen, während sie gegenseitig über und unter den anderen hinweg und durch ihre Beine krabbelten. Bisher ignorierten sie alle das Team, das die Stufen des Deckaufbaus hinauflief.

Ich hoffe bei Gott, dass es so bleibt.

Sie kamen eine Minute später auf dem Oberdeck an. Von so weit oben hatten sie freie Sicht auf die Bucht, die ausgebrannten Gebäude im Hafen im Süden und auf die brodelnde, wuselnde Horde durcheinanderkrabbelnder Biester auf dem Vorderdeck. Nun war es offensichtlich, wo sie alle hergekommen waren.

Die Viecher drängelten sich auf und um den Bohrturm, und ein besonders großes Exemplar, noch größer als das, das sie im Maschinenraum gesehen hatten, saß zwischen dem verbogenen Metall direkt oben auf dem Bohrturm und schien alles zu beherrschen, was es überblickte. Doch noch immer waren die Biester offensichtlich damit zufrieden, ziellos herumzukrabbeln und zeigten keinerlei Interesse an dem Trupp oben auf dem Deckaufbau.

»Haltet die Augen offen, Männer«, sagte Banks. »Ein Anruf nach Hause und dann müssen wir uns schön ruhig verhalten und auf die Kavallerie warten.«

Er holte das Satellitentelefon aus den Tiefen des Parkas, schaltete es an und tippte anschließend die Nummer ein. Er hatte eine Schrecksekunde, als er dachte, der Anruf würde nicht verbunden werden, aber dann kam zum Glück das Freizeichen.

»Cap«, sagte Hynd und Banks hörte die Warnung in der Stimme des Mannes, doch der Anruf war bereits angenommen und er wusste, dass es nur ein paar Sekunden dauern würde. Die Sorgen des Sergeants, woraus auch immer sie bestanden, würden warten müssen.

»Wir haben das Paket und fordern eine Evakuierung durch die Luft an.«

Die Antwort war ebenso knapp.

»Kontrollanruf in einer Stunde und vier Stunden, bis die Luftevakuierung da sein kann. Wir peilen euer Signal an.«

Das Gespräch endete so schnell, wie es begonnen hatte, aber Hynd winkte mittlerweile fast verzweifelt, damit Banks zu ihm an die Reling kam.

»Cap, das musst du dir ansehen. Ich glaube, wir kriegen Ärger.«

Sie sahen nach unten. Alle Biester hatten sich mittlerweile so gedreht, dass ihre Vorderseite in Richtung des Aufbaus zeigte und jedes Einzelne hatte den Kopf gehoben und die Antennen aufgestellt, als das Team die Biester ansah und sie den Blick erwiderten.

»Wir haben offenbar ihre Aufmerksamkeit erregt«, sagte Hynd leise, während die Kreaturen, als würden sie auf einen unhörbaren Befehl reagieren, gleichzeitig vorwärts krabbelten und sich auf den Aufbau zubewegten.

»Zeit, abzuhauen«, rief Banks.

Mac war der Erste, der sich in Bewegung setzte. Er ging zur Treppe, sah nach unten, blieb dann aber wie angewurzelt stehen.

»Zu spät«, rief er nach hinten. »Hier ist der Weg ebenfalls abgeschnitten.«

»Übernehmt einen Quadranten«, rief Banks und die vier anderen gingen jeweils an eine Seite des Deckaufbaus in Stellung. »Nicht schießen, außer ihr müsst, und wenn, dann nur kurze, kontrollierte Feuerstöße.«

Er wandte sich der russischen Frau zu. Sie war bereits auf den Knien und versuchte den runden Verschluss einer etwa einen Quadratmeter großen Luke auf dem Dach des Aufbaus zu öffnen. Banks ging hin und half ihr.

»Wir sollten von hier aus auf die Brücke kommen«, sagte sie, »aber ich glaube, sie wurde seit Jahren nicht mehr geöffnet. Sie ist entweder verschlossen oder zu eingerostet, um sie aufzukriegen.«

Er beugte sich hinunter, um ihr zu helfen.

»Da kommen sie«, verkündete Mac.

Banks steckte die Ohrstöpsel tiefer in die Ohren, als der Beschuss losging und sich die Luft mit dem Lärm des Gewehrfeuers füllte.

Die Luke saß eindeutig fest und selbst zu zweit konnten sie diese nicht öffnen. Sie bewegte sich nur einen Zentimeter.

»Kann mal jemand mit anpacken?«, rief Banks.

Mac schrie zurück: »Ich bin hier ein bisschen beschäftigt, Cap. Könnte selbst ein wenig Hilfe brauchen.«

Banks nahm seine Waffe und ging zu Mac hinüber. Er war immer noch am oberen Ende der Treppe.

Der Weg, auf dem sie hergekommen waren, war nun eine brodelnde, tobende Masse von Kreaturen, größtenteils die kleineren, die in einer Welle nach oben strömten und oft so schnell wieder die Treppe hinunterfielen, wie sie diese hochgeklettert waren.

Ein gewaltiges Biest, von der Größe eines Pferdes, bewegte sich langsam inmitten der anderen nach oben und war nur noch ein Stockwerk unter Macs Füßen. Banks erinnerte sich auf einmal daran, wie sie sich beim Fressen im Postamt verhalten hatten und auf dem unteren Deck.

»Erledige das dicke Mistvieh«, rief Banks, »dann haben die anderen was zu fressen.«

Mac setzte den Plan sofort in die Tat um und gemeinsam schossen sie dem größten der Viecher das Gesicht weg und es fiel nach vorn und blockierte die Passage der kleineren hinter ihm. Diejenigen, die neben ihm gewesen waren, stürzten sich sofort darauf und zerfetzten es gierig, um zu fressen.

»Je mehr wir von ihnen erledigen, desto mehr Futter haben sie«, rief Banks. »Bremst sie, soweit es geht, bis wir die verdammte Luke hier aufkriegen.«

Er ging davon, um zu sehen, wie der Rest des Trupps zurechtkam. McCally hatte sich vom Geländer entfernt, um den anderen zu helfen. Es waren keine der Biester auf der südlichen Seite des Deckaufbaus. Banks sah über den Rand und hoffte auf einen Fluchtweg, aber es war zu tief, um sich nach unten fallen zu lassen. Wenn sie Seile gehabt hätten, dann hätten sie versuchen können, sich abzuseilen.

Aber wenn Wünsche Pferde wären, würden wir alle Steak essen.

Abgesehen von der Treppe konzentrierte sich die Attacke der Biester auf das vordere Hauptdeck. Der Rest des Teams stand an dem Geländer, von dem aus man das Deck überblicken konnte und feuerte nach unten, wo ein Rudel der Kreaturen gerade übereinander zu krabbeln versuchte, um sie zu erreichen. Einige schafften es, sich am Aufbau festzuklammern und selbst mit drei Gewehren hatte es das Team schwer, die Biester davon abzuhalten, bis zum obersten Geländer zu gelangen.

Banks schloss sich ihnen an und sagte ihnen, was er gerade zu Mac gesagt hatte. »Erschießt zuerst die fetten Viecher, dann haben die anderen was zu fressen.«

Sie schossen also auf die größeren der Biester, die in Reichweite waren und zielten dabei stets auf den Kopf.

»Schießt auf die Antennen«, rief die Russin. »Ohne sie sind sie blind.«

»Ihr habt die Lady gehört«, rief Banks. »Erledigt diese Drecksviecher.«

Der Nachteil, auf die größeren der Biester zu zielen, war, dass die kleineren viel besser vorankamen und einige mittlerweile an der Seite des Deckaufbaus hochkletterten. Eines erreichte sogar die Reling und versuchte drüber zu klettern. Mac verpasste ihm einen Hieb in den Bauch und es flog wieder runter.

»Berührt sie lieber nicht, wenn es nicht unbedingt sein muss«, schrie Banks. »Erinnert euch daran, was mit Nolan passiert ist.«

Er zog Hynd zur Seite.

»Gibt der Lady deine Waffe. Wir brauchen jemand Kräftigeres an der verdammten Luke.«

Hynd hatte Nolans Gewehr über die Schulter geschlungen. Er gab es ihr, und die Russin nahm die Waffe kommentarlos entgegen, überprüfte das Magazin und stellte sich dann an die Brüstung neben Mac. Banks war froh, dass sie anscheinend auf sich selbst aufpassen konnte, denn das ersparte ihm einiges an Ärger.

Er bückte sich neben Hynd und beide setzten ihr ganzes Gewicht ein, um das Verschlussrad der Luke zu drehen. Irgendwann gab es mit einem Quietschen nach, das man selbst über den Lärm des Gewehrfeuers hinweg hören konnte.

McCally machte einen Schritt nach hinten, um nachzuladen. Eines der Viecher nutzte die Gelegenheit prompt, um nach oben und über die Reling zu krabbeln. Briggs erledigte es mit einer Salve, aber dadurch er hatte einen Moment lang nicht mehr auf die Masse der anderen geachtet und zwei weitere wuselten nach oben. Die Frau schoss dem ersten den Kopf weg und Mac erwischte das zweite. McCally hatte mittlerweile wieder nachgeladen und sich an dem Sperrfeuer beteiligt. Aber die Biester waren nun noch weiter in Richtung Deckaufbau vorgedrungen und alle vier Männer, die die Stellung verteidigten, mussten zurückweichen, während noch mehr bis zum Rand der Reling vordrangen.

»Die Antennen. Schießt auf die Antennen!«, rief die Frau erneut.

Das Geräusch des Gewehrfeuers schallte um sie herum, während Banks und Hynd sich bemühten, die Luke zu öffnen.

»Ein bisschen mehr Mühe, Cap«, rief Hynd. »Die kommen immer näher.«

Das Rad drehte sich langsam, *zu* langsam. Die Biester krabbelten und wuselten bereits am obersten Rand des Geländers und selbst die kombinierte Feuerkraft von vier Gewehren würde sie nicht mehr lange in Schach halten können. Teile der Viecher flogen davon, als das konzentrierte Feuer Antennen, Gliedmaßen und Panzer zerschoss. Das Donnern des Gewehrfeuers war ohrenbetäubend, selbst mit den Ohrstöpseln in Banks' Ohren.

Aber das Rad drehte sich immer weiter, als der Rest des Teams noch einen Schritt vom Geländer zurückweichen musste. Alle vier standen nun in einer Linie nur noch einen Meter von der Luke entfernt. Schließlich gab das Rad nach und Hynd konnte die Luke öffnen, gerade noch rechtzeitig, als die Biester zahlreich über die Reling krabbelten.

»Alle zu mir«, schrie Banks. »Ladys first.«

Hynd half Svetlanova, sich durch die Luke fallenzulassen, dann standen alle fünf Männer in einer Reihe da und pumpten Kugel um Kugel in die Biester, wodurch sie zu tanzen schienen und vom oberen Rand des Geländers fielen, als sie getroffen wurden.

Wir können das nicht länger aufrechterhalten. Zeit, zu verschwinden.

»McCally, du als Nächster. Zeit, zu gehen.«

Der junge Schotte machte einen Schritt rückwärts und feuerte dabei weiter, bis zum letzten Moment, in dem er sich durch die Luke fallenließ.

»Sarge, du als Nächstes. Geh sicher, dass da unten alles klar ist. Wir sind direkt hinter dir.«

Der Sergeant feuerte noch ein paar Schüsse ab, bis seine Waffe leer war, dann ließ er sich durch die Luke fallen. Die drei, die zurückblieben, hatten jetzt Mühe, die Biester in Schach zu halten.

»Briggs, du bist dran«, rief Banks, doch der Mann hörte ihn entweder nicht oder er war zu sehr auf den Kampf konzentriert, um ihm Aufmerksamkeit zu schenken. Er machte sogar noch einen Schritt nach vorn, und nicht nach hinten, als eines der größeren Biester über die Reling kletterte, die Antennen peitschten über ihren Köpfen hin und her, die vorderen Beine streckten sich in Richtung der Männer aus. Briggs schrie … ein unverständliches Fluchen, als er nicht auf den Kopf, sondern direkt in den Bauch des Biestes feuerte. Ein blauer Schimmer war daraufhin zu sehen, aber die Kugeln schienen ihm nichts anhaben zu können. Es fiel nach vorn über das Geländer und die vorderen Krallen erwischten Briggs an der Brust und schlitzten ihn auf. Die obere Hälfte des Mannes wurde so schnell zerfetzt, wie eine Rolle Küchenpapier.

»Rein in das Loch, Cap«, schrie Mac. »Das ist ein Befehl.«

Da er näher dran war, wusste Banks, dass es den Tod für sie beide bedeuten konnte, wenn er zögerte. Er sprang deshalb so schnell durch die Luke, dass er die sechs Stufen die Leiter hinab mehr fiel, als sie herunterzusteigen. Über ihm leerte Mac seine Waffe und sprang ebenfalls durch die Öffnung. Banks beobachtete, wie der Mann aus Glasgow die Klappe hinter sich zuzog, und sah entsetzt, wie ein langes Bein Macs linken Arm aufschlitzte. Die Luke schloss sich mit einem Knall, der sekundenlang ohrenbetäubend laut widerhallte.

10

Es war alles so schnell passiert, dass Svetlanova kaum Zeit zum Nachdenken gehabt hatte. Vom plötzlichen Tod des Iren, zum Treffen mit dem britischen Team vor dem Maschinenraum, bis hin zu dem Kampf auf dem Dach des Deckaufbaus und nun waren sie wieder auf der Brücke. Es war alles unscharf vor ihren Augen vorbeigerast, dazu kamen noch der dröhnende Lärm und die fliegenden Kugeln. Nun klingelten ihr die Ohren wie Kirchenglocken und sie fragte sich, ob sie nicht vielleicht dauerhaft taub war.

Der dünnere Mann – der Captain hatte ihn Hynd genannt – trieb sie voran, zuerst aus dem kleinen Raum unter der Luke heraus, dann eine Wendeltreppe hinab auf die Brücke. Er warf einen Blick auf das, was von Nolan noch übrig geblieben war, dann rollte er die Leiche mitsamt dem Stuhl in die kleine Kombüse und schloss die

Tür. Die Schweinerei auf dem Boden konnte er allerdings nicht verbergen ... den grünen Schleim, der langsam hart wie Harz wurde ... die letzten Überreste des Mannes, mit dem er noch vor einer halben Stunde geredet hatte.

Hynd nahm ihr die heißgeschossene Waffe ab und sagte etwas, aber auch wenn sie sah, wie sich sein Mund bewegte, konnte sie kein Wort verstehen, sie vernahm nur das Klingeln in ihren Ohren, begleitet von einem dumpfen Kopfweh, das sich jeden Moment in einen rasenden Schmerz verwandeln konnte. Sie deutete auf ihre Ohren.

»Taub«, sagte sie und hörte nur das leiseste Flüstern ihrer eigenen Stimme im Kopf, aber er hatte sie offenbar verstanden.

Der Rest der Männer stieg jetzt das Treppenhaus zur Brücke hinunter. Sie sah, wie sie ihre Waffen mit Munition aus ihren Gürteln nachluden, aber sie konnte das Klacken nicht hören, als die neuen Magazine eingelegt wurden. Es gab nur das konstante Klingeln in ihren Ohren und kein Anzeichen dafür, dass es irgendwann nachlassen würde.

Sie musste sich unbedingt selbst von ihrer Angst, taub zu werden, ablenken. Deshalb blickte sie aus dem großen Fenster und sah, dass die Biester sie anscheinend schon wieder vergessen hatten. Sie krabbelten entweder ziellos auf dem Vorderdeck herum oder labten sich an den Leichen und Überresten der Gefallenen.

Was konnte sie aufgescheucht haben?

Sie hatte eine vage Vorstellung, aber der Gedanke war verschwunden, als sie sich die Männer ansah, denn einer fehlte. Der stämmige Schweigsame, dessen Namen sie nicht mitbekommen hatte. Die anderen waren aschfahl und ernst; sie kannte diesen Ausdruck nur zu gut.

Sie haben gerade einen weiteren Mann verloren.

Dann wurde dieser Gedanke ebenso vertrieben, denn der letzte Mann, der die Leiter heruntergekommen war, hielt den linken Arm in der rechten Hand und es tropfte Blut auf den Boden. Der Captain holte bereits Bandagen aus dem Rucksack des verwundeten Mannes. Svetlanova erinnerte sich unwillkürlich an den grünen Schleim, der aus den Wunden des toten Iren getropft war.

»Wartet«, sagte sie und sie drehten sich alle schnell in ihre Richtung um. »Verbindet die Wunden noch nicht«, meinte sie und ging zu der kleinen Kombüse, vermied es dabei, den Stuhl und die Schweinerei darin anzusehen, und trat direkt ans Waschbecken und den Schrank daneben. Sie fand sofort, wonach sie gesucht hatte, und eilte zurück auf die Brücke.

»Bleiche«, erklärte sie und versuchte leise zu reden. »Zum Desinfizieren.« Sie hörte ihre Worte plötzlich lauter im eigenen Kopf, ihr Gehör schien zurückzukommen. Der Captain sah erst sie an, dann die Flasche in ihrer Hand und nickte. Er hatte verstanden, worauf sie hinauswollte.

»Das wird wehtun«, meinte sie zu dem verletzten Mann, der sie vorhin als *Mädel* tituliert hatte. Er streckte nur stumm den Arm aus und rollte den Ärmel des Parkas zurück. Die Wunde verlief auf der Oberseite des Handgelenks und war so tief, dass man den Knochen sehen konnte. Er hatte Glück gehabt, dass der Schnitt nicht noch tiefer war, denn dann hätte er entweder die Hand verloren oder wäre sofort verblutet. Die Wunde klaffte böse auf und blutete heftig. Sie mussten sie schnell verbinden, aber sie wusste, wie schmerzhaft die Bleiche sein würde, und zögerte deshalb, sie darüber zu gießen.

»Tu es einfach, Mädel …«, sagte der Mann, und dieses Mal hörte sie ihn so, als würde er im nächsten Raum hinter einer Tür mit ihr reden. »… bevor ich Sie komplett vollblute.«

Aber ich habe ihn wenigstens gehört.

Sie goss die Bleiche auf die Wunden und die Flüche, sowie den langen Schmerzensschrei hörte sie mehr als deutlich.

Sie übernahm jetzt den Job der Krankenschwester und schloss die Wunde so gut es ging mit Klammerpflastern und verband sie so fest, wie sie sich traute mit mehreren Lagen Bandagen. Der Mann ertrug alles in stoischer Stille und lächelte sie an, als es vorbei war.

»Guter Job, Mädel«, sagte er. »Nicht schlecht für eine russische Spionin.«

Der Captain nahm sie zur Seite.

»Danke«, sagte er. »Er hat bei Ihnen besser stillgehalten, als er das bei einem von uns getan hätte. Außerdem war das eine gute Idee mit der Bleiche. Wird es denn ausreichen?«

Ihr Gehör war besser geworden. Sie hatte die Fragen des Captains verstanden, wenn auch noch leicht gedämpft. Das Klingeln war zwar immer noch da, schien aber weiter entfernt zu sein.

»Ich weiß es nicht«, erwiderte sie ehrlich. »Es könnte bakteriell oder viral sein oder ein Toxin. Der Ire hatte vielleicht einfach nur das Pech von einem kranken Tier erwischt worden zu sein. Wir können leider nur abwarten. Ohne ein Labor kann man das nicht genau sagen. Meines war da draußen, oben auf der Bohrplattform.«

Sie blickten beide hinaus. Das größte der Biester saß immer noch oben auf dem Bohrturm zwischen den verbogenen Stahlteilen, wie eine Katze, die ein Nickerchen machte. Sein Starren war genauso undurchdringlich.

»Ich muss wissen, was Sie über diese Biester wissen«, sagte der Captain. »Und ich muss es schnell wissen.«

»Die Isopoden?«

»Heißen sie so? Woher sind sie gekommen?«

Sie hörte immer noch nicht richtig und statt die Unterhaltung fortzusetzen, tippte sie auf seine Tasche, wo er das Diktiergerät verstaut hatte, nachdem er es ihr weggenommen hatte.

»Das ist alles da drauf. Sie sollten es sich anhören. Können Sie Russisch?«

Der Captain nickte.

Der dünne Mann, Hynd, überprüfte gerade Macs Handgelenk. Bisher war kein Blut oder grüne Flüssigkeit zu sehen, die durch die weißen Bandagen sickerte. Der Mann aus Glasgow machte die Hand auf und zu und wimmerte leise.

»Glücklicherweise wichse ich mit der anderen Hand«, sagte er, sah dann zu Svetlanova und lächelte. »Entschuldige die Ausdrucksweise, meine Süße.«

Sie lächelte zurück.

»Nenn mich noch mal deine Süße und du kannst dir den Hintern mit einem Stumpf abwischen«, erwiderte sie mit ihrem besten Glasgower Dialekt.

Alle außer Mac lachten lauthals. Er schaute zuerst überrascht, doch dann stimmte er auch mit ein.

»Ich mag deine neue Freundin, Cap. Die solltest du dir warmhalten.«

Der Captain versuchte derweil herauszufinden, wie man das Diktiergerät bediente. Sie streckte die Hand aus, drückte zuerst den Rückspulknopf und dann auf Play, als es klickte. Ihre eigene Stimme schallte ihr entgegen.

»Ich habe beschlossen, zu erzählen, wie es zu unserem Scheitern kam, in der Hoffnung, dass jeder, der darüber stolpert, nicht dieselben Fehler machen wird, wie wir. Fehler, die uns alle umgebracht haben oder noch Schlimmeres.«

Sie drehte sich um – das musste sie wirklich nicht noch einmal hören. Sie blickte zum Fenster hinaus, nur um zu sehen, dass all die Biester genau in ihre Richtung schauten. Sie bewegten sich allerdings nicht und kamen auch nicht auf sie zu, aber das Starren machte sie dennoch nervös. Wieder hatte Svetlanova das Gefühl, dass sie irgendetwas übersah … dass sie sich an etwas erinnern sollte … an etwas, das sie unbedingt wissen musste. Aber so wie sie immer noch das Klingeln im Ohr hatte, bekam sie auch diesen Gedanken einfach nicht zu fassen.

Sie nahm eine Zigarette vom verletzten Mac entgegen, als dieser ihr eine anbot, und rauchte sie, während der Captain ihre Aufnahme abspielte, ganz bis zum Ende.

»*Ein großer Abschnitt des Meeresbodens unter dem Bohrturm glühte blau, silbern und grün, ein pulsierender Schimmer, wie ein Nordlicht unter Wasser, das schnell nach oben stieg. Dieses Mal war es größer, viel größer.*

Der Schwarm stieg nach oben und rollte über das Seitendeck wie eine Riesenwelle.«

Sie hörte ihre letzten Worte und vernahm dann ein Klicken, als sich das Diktiergerät ausschaltete. Sie starrte aus dem Fenster.

Die Kreaturen hatten sich nicht bewegt und zum Fenster der Brücke hochgesehen, aber als das Diktiergerät ausging, verloren sie das Interesse und krabbelten wieder ziellos herum oder fraßen.

Der Gedanke, der ihr entglitten war, befand sich plötzlich vor ihrem geistigen Auge und war unübersehbar.

Sie reagieren auf elektrische Felder!

Der Captain legte das Diktiergerät zur Seite und wandte sich an Hynd.

»Ich glaube zwar nicht, dass wir sie jetzt brauchen, aber wir sollten die Computer dennoch hochfahren. Wir können genauso gut so viel wie möglich herauskriegen, solange wir hier warten müssen.«

»Das ist eine sehr schlechte Idee«, sagte Svetlanova nachdrücklich.

Alle drehten sich um und sahen sie neugierig an. Sie skizzierte daraufhin rasch ihre Theorie und endete mit ihrer Schlussfolgerung.

»Sie haben gewalttätig reagiert, als Sie das Satellitentelefon angeschaltet haben.«

Der Captain sagte als Erster etwas.

»Und dann auch auf das Diktiergerät, aber weniger stark?«

Sie nickte und fuhr fort: »Das würde auch ihr Verhalten erklären.«

»Würde es?«, fragte Mac. »Kann mir das vielleicht mal jemand erklären, denn ich stehe irgendwie auf dem Schlauch.«

»Beim Postamt sind sie nicht hinter uns her gewesen, bis wir den Generator angeschaltet haben. Im Maschinenraum haben sie die ganzen Kabel und die Anschlüsse komplett herausgerissen, und sie sind erst wieder auf das Deck gekommen, als wir uns an der Schalttafel zu schaffen gemacht haben.«

»Willst du damit etwa sagen, dass wir selbst daran schuld waren? Dass wir die Mistviecher an Bord geholt haben?«, fragte Mac.

»Ich fürchte, ja«, erwiderte der Captain.

»Aber möglicherweise kriegen wir sie dazu, wieder zu verschwinden, wenn wir das abschalten, was wir eingeschaltet haben.«

11

»Vielleicht sollten wir einfach hierbleiben, Cap«, sagte Mac. »Hier sind wir doch sicher, oder?«

Banks sah durch das Fenster, wo die Kreaturen immer noch fast ziellos herumkrabbelten. Sie sahen kaum noch gefährlich aus, im Gegensatz zu der Raserei, die sie nur Minuten vorher an den Tag gelegt hatten.

Vielleicht hat Mac recht. Aber die Viecher haben mich schon zwei Mal überrascht. Es soll kein drittes Mal geben.

»Der Hubschrauber wird unser Signal anpeilen«, meinte er. »Wir müssen sichergehen, dass wir dann einen freien Bereich haben, an dem sie uns einsammeln können.«

»Wieder auf dem Oberdeck?«

»Das wird, fürchte ich, nicht gut genug sein. Sie brauchen einen größeren, freien Platz.« Er zeigte in Richtung des vorderen Decks. »Da draußen. Wir müssen den

Strom abschalten und hoffen, dass die Viecher, diese Isopoden oder was zur Hölle die sind, sich langweilen und wieder verschwinden. McCally, kannst du den Strom von hier aus abschalten?«

Der jüngere Mann schüttelte den Kopf.

»Das war Briggs' Spezialgebiet. Ich muss wieder runter an die Schalttafel und genau sehen, was sich da machen lässt. Auch wenn ich da einen kleinen Einwand habe, Cap. Ich mache mir nämlich fast in die Hosen, wenn ich nur daran denke, eines der größeren Mistviecher da unten zu treffen.«

»Zumindest hält dich das warm«, erwiderte Banks. »Komm schon, Junge. Du bleibst einfach dicht bei mir. Der Rest von euch hält am Fenster Ausschau. Wenn sie aussehen, als würden sie nervös werden, dann macht eine Menge Lärm und wir kommen so schnell wie möglich zurück.«

Banks verließ die Brücke als Erster.

Im Treppenhaus war es wieder dunkler geworden. Wolken verdeckten die Sonne und machten die Umgebung schummrig und grau. Er schaltete sein Nachtsichtgerät ein, drehte es auf die dunkelste Einstellung und konnte nun endlich die Treppe hinabsehen.

Es gab hier keine Spur von den Isopoden. Er gab McCally mit einem Handzeichen zu verstehen, dass alles klar war, und ging dann nach unten. Der jüngere Mann folgte ihm.

Er blieb kurz stehen, als sie den Korridor erreichten, fast genau an der Stelle, an der er die Russin getroffen hatte. Sie war immer noch ein Rätsel für ihn, das er noch nicht gelöst hatte. Er hatte das Gefühl, dass er einen Teil der Geschichte nicht auf dem Diktiergerät gehört hatte und er sollte sich unbedingt Zeit nehmen, sich eingehender mit ihr zu unterhalten, aber diese Zeit hatte er im Moment leider nicht. Er hatte allerdings das Gefühl, dass er das eher früher als später erledigen sollte, denn sie hatte vielleicht genau das Expertenwissen, das er brauchte, um sein Team heil aus dieser Situation rausbringen zu können. Aber das musste fürs Erste alles warten. Im Moment konzentrierte er sich nur darauf, die Schalttafel zu erreichen und diese Viecher von Deck zu kriegen.

Immer eins nach dem anderen, Banksy. Eins nach dem anderen.

Wenigstens hatte Svetlanova mit ihrer Analyse des Effekts elektrischer Felder auf die Isopoden bereits ihren Nutzen bewiesen. Er ärgerte sich allerdings, weil er das

Muster im Verhalten der Biester nicht selbst erkannt hatte. Schließlich hatte es genug Hinweise gegeben. Doch er war zu sehr auf den Job konzentriert gewesen. Wie sich herausgestellt hatte, war sein Auftrag – die Frau – direkt zu ihm gekommen.

Jetzt hab ich allerdings einen neuen Job. Ich muss sie zur Basis zurückbringen; ich muss uns alle zur Basis zurückbringen.

Er zwang sich selbst dazu, sich auf den Bereich vor dem Lauf des Gewehrs zu konzentrieren. Der Schock, zuerst Nolan und dann Briggs zu verlieren, war noch immer nicht abgeklungen und hatte ihn nervlich zermürbt, aber seine Ausbildung übernahm jetzt zum Glück die Kontrolle und verwandelte die Anspannung in etwas, das er nutzen konnte – zu einer aufgerollten Sprungfeder, bereit zu explodieren, wenn es sein musste. Später würden dann die Schuldzuweisungen, der Alkohol und vielleicht auch Tränen, sicher aber schlaflose Nächte kommen. Doch fürs Erste hatte er eine Waffe in der Hand und einen leeren Korridor vor sich und eine Kontrolltafel, die auf dem Deck unter ihm wartete.

Wenn irgendwelche von diesen Mistviechern mir in die Quere kommen, dann werden sie schon herausfinden, wie entschlossen ich wirklich bin.

Er machte sich auf den Weg, durchquerte hastig den Korridor bis zum nächsten Treppenaufgang und ging dann in Richtung Maschinenraum, mit McCally, der ihm den Rücken deckte.

Das kurze Treppenhaus bis zum Raum mit der Schalttafel war genauso leer, wie das über ihnen gewesen war. Banks stand mehrere Sekunden einfach nur da und lauschte auf Geräusche aus dem Maschinenraum dahinter, aber er hörte kein Platschen und kein Anzeichen, dass das große Biest noch da war. Es konnte seiner Meinung nach auch dasselbe sein, dass er oben auf dem Deckaufbau gesehen hatte.

Dasselbe, das Briggs getötet hat.

Er schob den Gedanken energisch beiseite, bevor der Wunsch nach Rache seinen gesunden Menschenverstand vernebelte, und gab McCally ein Zeichen, sich um die elektrische Schalttafel zu kümmern.

McCally hebelte daraufhin den Deckel der Kontrolltafel ab und sah sich aufmerksam die Verkabelung an.

»Wie gesagt, Cap, Briggs hat sich damit ausgekannt. Ich bin mir nicht sicher, welche Verbindungen er wieder verkabelt oder unterbrochen hat.«

»Gib einfach dein Bestes, Kumpel, und beeile dich. Je schneller das erledigt ist, desto schneller bist du wieder oben und kannst eine Tasse Tee trinken und eine Kippe rauchen.«

Er überließ den jungen Mann seiner Aufgabe und trat in den Durchgang, von dem er in den Laufgang des Maschinenraums sehen konnte. Er ging nicht direkt auf die Gangway, spähte aber um die Ecke, um sicherzugehen, dass er allein war, bevor er aus der Deckung trat.

Es gab kein Lebenszeichen der großen Kreatur, aber plötzlich war das die geringste seiner Sorgen, denn der Wasserspiegel im überfluteten Maschinenraum war um mehrere Meter höher als vorhin. Anhand der Wirbel und Strömungen unter ihm sah er, dass immer noch Wasser durch einen Riss im Bug eindrang. Das Schiff wurde praktisch geflutet.

Es schwamm vielleicht im Moment noch, aber es gab keine Garantie, dass es das noch sehr lange tun würde.

Er schloss sich wieder McCally an.

»Wie lange noch, Kumpel?«, flüsterte er.

»Kommt drauf an. Soll ich es dauerhaft ausschalten oder nur fürs Erste?«

»Schalt den Mist einfach ab«, sagte Banks.

»Dann ist alles erledigt«, meinte McCally und riss zwei Kabel heraus. Es gab ein kurzes Blitzen und ein paar Funken, die sich um sie verteilten und sofort wieder erloschen. Alles um sie herum wurde still. Die roten LEDs, die angezeigt hatten, dass Strom vorhanden war, wurden ebenfalls dunkler und verloschen dann.

Sie hörten es beide gleichzeitig … ein Klackern und Kratzen auf dem Metall, begleitet von einem Schwall Wasser, als eine Welle durch den Raum nebenan schwappte. Der Maschinenraum war nun nicht mehr leer.

Banks legte einen Finger auf die Lippen und deutete mit dem Daumen nach oben. McCally nickte. Der jüngere Mann stand näher am Ausgang, also ließ Banks ihn vorausgehen und wartete, während McCally das Treppenhaus nach oben checkte.

Er sah zur Treppe und McCally signalisierte ihm ein OK von oben. Banks wollte gerade das Treppenhaus betreten, als das Krabbelgeräusch hinter ihm plötzlich lauter wurde. Er drehte sich vorsichtig um und sah, wie sich der Kopf, die Antennen und die Vorderbeine eines riesigen Isopoden durch die Tür drückten. Der Körper war zu groß, um hindurchzupassen, aber das Biest versuchte trotzdem den Captain zu erwischen.

Banks trat sofort den Rückzug an, schätzte aber die Position der Tür falsch ein und war nun in einer Ecke gefangen. Eine der riesigen Antennen des Biests peitschte durch den Raum, so dick wie ein Stahlkabel. Sie würde sein Rückgrat wie einen Zweig zerschmettern oder seine Brust zerquetschen, wenn sie ihn traf. Er kauerte sich in die Ecke und kniete nun fast, um kein zu großes Ziel abzugeben, und schaffte es endlich, mit der Waffe auf den Kopf des Biests zu zielen. Der Isopode zirpte wie eine Grille und die blaue Lumineszenz auf seiner Unterseite tauchte alles in ein schimmerndes Licht. Der kleine Raum wurde mit tanzenden Schatten und dem beißenden Gestank von verbranntem Essig erfüllt.

Banks musste einen Würgereflex unterdrücken, zielte auf die Basis der Antenne und feuerte dann drei schnelle Schüsse ab. Der Rückstoß beförderte ihn noch weiter in die Ecke. Der Lärm war zu laut und würde garantiert andere Isopoden in der Nähe auf seine Position aufmerksam machen, aber er traf sein Ziel. Die Antenne knickte um, und dort, wo sie aus dem Kopf wuchs, trat übel aussehender grüner Schleim hervor. Die Kreatur wirbelte jetzt hin und her. Der Geruch wurde immer schlimmer und der grüne Schleim bespritzte die Wände. Banks wich aus und machte sich bereit, durch die Tür zu springen, sollten ihn irgendwelche Spritzer treffen, denn er wollte dem Zeug nicht näherkommen, als es unbedingt sein musste.

»Bleib unten, Cap«, schrie eine Stimme über ihm und McCally stand plötzlich in der Tür. »Den erledige ich.«

»Das ist für Briggs, du Bastard«, rief er und feuerte eine Salve ab, die dem Biest das Gesicht wegschoss, sodass Stücke des Panzers und riesige Fleischfetzen davonflogen. Banks drückte sich an der Wand entlang, fast bis zwischen McCallys Beine, um nicht vollgespritzt zu werden.

Der blaue Schimmer auf dem Bauch des Biestes verblasste langsam und es ließ ein fast lustiges Furzgeräusch erklingen, dann fiel es mit einem heftigen Schlag auf den Boden, bevor das Gewicht des leblosen Körpers es von dem Laufgang und außer Sicht rutschen ließ. Ein lautes Klatschen ertönte, als es auf dem Boden des Maschinenraums aufschlug.

Über ihnen rief jetzt jemand. Hynd war bis zum Fuß der Treppe des Kontrollraums hinabgestiegen.

»Braucht ihr Jungs vielleicht ein wenig Hilfe hier unten?«

McCally rief nach oben: »Nee, der Wichser ist tot. Alles erledigt.«

»Dann schwingt mal eure Ärsche wieder hier rauf, und zwar schnell«, rief Hynd zurück. »Das müsst ihr euch ansehen.«

Banks blickte aus dem großen Fenster, als er wieder auf der Brücke war. Das Vordeck war komplett leer und die Biester hatten sich so lautlos verzogen, wie sie gekommen waren. Selbst der große Isopode oben auf dem Bohrturm war verschwunden.

Ich hoffe, wir haben dich erwischt, du Bastard.

»Das ist gut, oder?«, fragte McCally, doch es lag noch etwas anderes in Hynds Stimme, als er antwortete.

»Die Tatsache, dass diese Viecher weg sind? Ja, das ist prima. Aber das war es leider nicht, was ich euch zeigen wollte.«

Er wies in Richtung Norden. Eine graue Wand, eine heraufziehende Sturmfront mit blasseren Wolken, die sich gewaltig darüber auftürmten, dräute über dem Horizont und man konnte praktisch dabei zusehen, wie sie langsam immer näherkam.

»Na, das ist ja wirklich wunderbar«, sagte McCally.

»Wie lange noch, bevor sie uns erreicht, was glaubst du?«, fragte Banks.

Die Russin sprach zuerst. »Eine Stunde höchstens. Letzte Woche ist eine durchgezogen und es wurde ein bisschen rau, aber das Schiff hat es ganz gut überstanden.«

»Kann sein«, meinte Banks, »aber zu der Zeit hatte es bestimmt noch keine Löcher nahe der Wasserlinie und hat geleckt.«

»Sollen wir zu den Kajaks?«, fragte Hynd. »Zur Küste übersetzen?«

»Da sitzen wir dann genau auf dem Präsentierteller, wenn die Biester uns angreifen«, erwiderte Banks. »So ungern ich es auch zugebe, aber es ist vielleicht besser, wenn wir hier auf den Hubschrauber warten.«

Der Rest blieb unausgesprochen, aber alle wussten es dennoch: *Außer wir sinken vorher.*

Eine Weile sagte niemand etwas und sie alle beobachteten, wie der Sturm mehr und mehr heranzog. McCally schloss sich Mac an, der auf dem Campingkocher Tee machte, und sie rauchten schweigend eine zusammen. Nach einer Weile sah Banks auf die Uhr.

»Behaltet das Fenster im Auge«, sagte er. »Ich muss mich mal bei denen melden.«

Er nahm das Satellitentelefon heraus, schaltete es an und wählte eine Nummer.

»Check one«, sagte er, als jemand abhob und die Stimme am anderen Ende erwiderte ebenfalls: »Check one.« Das Gespräch wurde sofort beendet, aber Banks hatte sowieso nichts mehr zu sagen. Er wusste genau, dass es keinen Sinn hatte, weitere Updates zu liefern, denn es würde sowieso niemanden interessieren und der Helikopter war unterwegs. Den konnte er dadurch auch nicht beschleunigen.

Er schaltete das Telefon aus und sah Hynd an.

»Irgendwas Neues?«

»Einer der großen Wichser hat auf dem Bohrturm mal den Kopf hochgereckt, aber sobald du das Telefon ausgeschaltet hast, war er wieder verschwunden. Ist also immer noch alles frei.«

»Na, das ist doch schon mal was«, erwiderte Banks und sah zum Fenster raus. Graupelregen prasselte nun gegen das Glas.

Der Rumpf des Bootes ächzte laut und das Schiff rollte einige Meter nach Backbord, richtete sich dann aber wieder auf. Die Sturmwolken zogen nun von Norden heran, eine schwarze Wand, die bald auf sie einzustürzen drohte. Das Wetter war bereits deutlich rauer geworden.

Noch drei Stunden. Das ist alles, was ich verlange. Drei weitere Stunden.

Er war sich allerdings nicht sicher, ob ihnen so viel Zeit blieb.

12

Svetlanova hatte sich mittlerweile alle Namen der Männer gemerkt. Sie hatte jetzt auch den Kopf wieder freier und das Klingeln in ihren Ohren war weitgehend abgeklungen. Ihr Hörvermögen war ebenfalls fast wieder normal, aber sie machte sich eine geistige Notiz, das nächste Mal nicht so nahe dran zu stehen, wenn noch mehr geschossen werden sollte.

Sie hatte außerdem eine Entscheidung getroffen, was ihre unmittelbare Zukunft betraf. Sie würde das hier gemeinsam mit den anderen durchstehen, auch wenn jede Faser ihres Seins ihr sagte, sie solle sich wieder in der Vorratskammer verstecken. Sie wusste, das war unrealistisch. Das Team war die einzige Chance für sie, hier lebend rauszukommen, und wenn das bedeutete, dass sie sich in London einem Verhör stellen musste, dann war es eben so. Banks hatte sich bereits ihre Aufnahme angehört und sie hatte sowieso nicht viel mehr zu erzählen, was die Gruppe nicht selbst schon gehört oder gesehen hatte. Kurz zusammengefasst: Die Russen kamen, sie haben gebohrt, sie haben Scheiße gebaut, Ende der Geschichte. Das war ein treffender, wenn auch kurzer Bericht.

In der letzten Stunde hatte sie außerdem eine gewisse Freundschaft zu dem Mann aus Glasgow entwickelt. Sie hatte kontrolliert, ob sich seine Wunden nicht grün färbten, und er hatte ihr dafür Zigaretten gegeben und sie hatten geplaudert. Beide hielten das für einen guten Deal.

Er hatte ihr zugehört, während sie ihre Story noch einmal erzählt hatte, weil er sie hatte hören wollen.

»Hast du sie denn nicht mitbekommen, als der Captain sie abgespielt hat?«, fragte sie.

»Ich bin aus Glasgow, Mädel«, sagte er. »Wir haben schon genug Probleme mit Englisch, von Russisch gar nicht erst zu reden.«

Es dauerte eine Weile, bis sie ihm alles erzählt hatte und sie tranken dabei starken Tee und rauchten noch ein paar von Macs Zigaretten. Er betrachtete sie mit neugewonnenem Respekt, nachdem sie mit ihrer Erzählung fertig war.

»Wie lange hast du denn in dem kleinen Raum gesteckt?«

»Zwei Tage, glaube ich.«

»Dann bist du mutiger als ich, Kleine. Ich wäre durchgedreht.«

»Ich bin mir nicht sicher, ob ich das nicht auch eine Weile getan habe«, erwiderte sie. Sie nahm sich noch eine von seinen Zigaretten. Der britische Tabak schmeckte ihr langsam immer mehr und sie lenkte sich damit von dem ab, was draußen vor sich ging.

Der Sturm war stärker geworden und an der Glasscheibe strömte mittlerweile das Wasser hinab, aber man musste gar nicht raussehen, um zu wissen, dass es schlimm war. Das Schaukeln und Schwanken des Schiffes verriet es ihr auch so, zusammen mit dem unablässigen Ächzen und Quietschen des Rumpfes irgendwo weit unter ihnen.

»Keine Sorge, Mädel«, sagte er. »Diese alten Schiffe können schon was aushalten. Mein Dad hat solche in Clyde gebaut und er hat mich als Junge manchmal mitgenommen. Ich weiß deshalb, wie das Skelett aussieht und das ist wirklich robust. Mal abgesehen davon, ist das nicht das größte Schlamassel, in das uns der Cap schon geführt und auch wieder rausgebracht hat.«

Er erzählte ihr daraufhin eine lange, ausufernde Geschichte über ein Bordell in Kairo, ein Mädchen, das eigentlich ein Junge war, ein Missverständnis über eine Zahlung und eine beeindruckende Kneipenschlägerei, gefolgt von einem hastigen Rückzug, an dem angeblich die Hälfte der ägyptischen Polizei beteiligt gewesen war. Die Details und Wendungen der Geschichte ließen sie mehr als einmal in lautes Gelächter ausbrechen, bevor die Erzählung zu Ende war.

Als sie sich umsah, war sie überrascht, zu sehen, dass Banks das Satellitentelefon rausholte, um sich noch einmal zu melden.

»Ist es das Risiko wirklich wert?«, fragte McCally. »Du hast doch selbst gesagt, der Helikopter ist schon auf dem Weg.«

Der Captain zeigte in Richtung Fenster.

»Wenn irgendwas uns in diesem Wetter angreifen will, dann soll es das ruhig versuchen«, sagte er. Er machte das Telefon an, meldete sich wie zuvor und beendete das Gespräch sofort wieder. Wenn einer der Isopoden es bemerkt hatte, konnte man davon zumindest nichts sehen. Hynd war an der Tür und hatte extra ein Auge auf das Treppenhaus. Er hielt den Daumen in die Höhe, als Banks das Telefon wieder einsteckte.

»Zwei Stunden noch«, sagte er. »Wir müssen uns nur ruhig verhalten.«

»Können die denn bei dem Wetter überhaupt landen?«, fragte Svetlanova, denn sie wusste aus Erfahrung, dass kein Russe so irre wäre, mitten in einem Sturm am Polarkreis zu fliegen, geschweige denn irgendwo dort zu landen. Russische Piloten waren mutig, aber sie waren auch Realisten.

Mac antwortete als Erster.

»Mädchen, die Jungs von der Air Force landen auch während eines Tornados auf einem Floharsch. Sie werden kommen.«

McCally und Mac spielten in der Zwischenzeit *Three-Card Brag*, mit Zigaretten als Einsatz. Svetlanova hätte vielleicht sogar mitgespielt, wenn Banks sie nicht kurz zur Seite genommen hätte, um am Fenster mit ihr zu reden.

»Sie haben auf dem Band eine Diskontinuität erwähnt. Glauben Sie, da kommen diese Dinger her?«

»Da bin ich mir sicher.«

»Was ist das genau, eine Diskontinuität?«

»Eine Anomalie in den Gesteinsschichten«, erklärte sie und erinnerte sich daran, was sie dem Kapitän des Schiffes erzählt hatte. »Seit 1909 Andrija Mohorovičić eine Zone entdeckt hat, in der sich seismische Wellen beschleunigt ausbreiten, wenn sie eigentlich langsamer werden sollten, waren die Leute versessen darauf, dort zu bohren, um herauszufinden, was sich dort befindet. Das ist es, was wir hier eigentlich gemacht haben. Unsere Untersuchungen haben gezeigt, dass die Diskontinuität hier näher am Meeresboden war als irgendwo sonst auf der Welt. Die Geologen dachten deshalb, es könnte ein riesiges Gasfeld sein oder vielleicht eine Schicht Mineralgestein, die sich leicht abbauen lässt.«

»Wir sind hier in kanadischen Gewässern«, sagte Banks und Svetlanova wedelte abwiegelnd mit der Hand.

»Meer ist Meer. Jeder kann da Anspruch erheben.«

Banks lachte.

»Ich bin mir nicht sicher, dass das die da oben genauso sehen, aber ich bin kein Politiker. Erzählen Sie weiter. Ihr habt also diese Diskontinuität angepikst und die Viecher sind rausgekommen? Im Endeffekt habt ihr also ein Loch gebohrt, und dadurch irgendwo da unten ein Leck verursacht, durch das die Isopoden aus ihrem Käfig gekommen sind?«

»Ja, so könnte man es zusammenfassen. Wir haben, wie man so schön sagt, Mist gebaut. Es ist ein wirklich großes Loch im Meeresboden. Wir haben eine Kamera heruntergelassen. Ich hab die Aufnahmen gesehen, kurz bevor alles schiefgelaufen ist. Es war eine Schwarz-Weiß-Aufnahme, denn Farbkameras funktionieren in dieser Tiefe nicht, aber trotzdem hat der Bildschirm ein

Schimmern und Glühen gezeigt. Der Meeresboden sah aus wie eine saubergekratzte Steinplatte mit Spuren, die fast aussahen wie Straßen, die sich in alle Richtungen ausbreiteten. Da war ein Licht, das leuchtete und glühte, wie eine flackernde Glühbirne, ein riesiges Auge, das uns ansah, als wollte es uns warnen, es nicht noch einmal zu stechen.

Doch das war noch nicht mal das Schlimmste. Rund um das Loch herum waren Risse, die in alle Richtungen ausstrahlten, mit dem gleichen Radius, der sich in den Kratzspuren auf dem Meeresboden widerspiegelte, wie leuchtende Ranken, die pulsierten und sich ausbreiteten, während wir zusahen.

Statt sich zu schließen, vergrößerte sich das Loch in der Diskontinuität immer weiter. Isopoden schwärmten dort unten überall herum. Große, kleine, eine Unmenge davon, die ohne Pause aus der Diskontinuität hervorströmten. Sie krabbelten und wuselten und verschwanden schnell in der dunklen See außerhalb der Reichweite der Kamera.«

»Wieso haben Sie das nicht schon früher erwähnt?«

»Sie haben ja nicht gefragt … und wir können sowieso nur wenig daran ändern. Der Bohrer ist kaputt und wenn Sie nicht gerade ein Unterseeboot in der Hosentasche haben, kommen wir auch nicht da runter.«

»Kommen da immer noch welche nach?«

»Ich hab keine Ahnung, wie viele es sind oder wie lange sie außerhalb ihrer natürlichen Umgebung überleben können oder wie sie sich vermehren. Also kann man das unmöglich vorhersagen. Vielleicht bleiben sie hier in diesem Gebiet …«

»… oder sie breiten sich aus«, beendete Banks den Satz für sie.

»Ich hatte genug Zeit, darüber nachzudenken, während ich in der Speisekammer festsaß. Wenn ich mir vorstelle, was passiert, wenn sie in eine der Hauptmeeresströmungen geraten …«, sagte sie. »Die größte führt von hier aus bis zum Sankt-Lorenz-Seeweg. Damit könnten sie bis zu den Großen Seen kommen. Stell dir die Biester mal in Toronto, Montreal oder sogar Chicago vor. Was das für ein Gemetzel gäbe.«

»Oder in die andere Richtung, zur Nordsee«, sagte Banks. »Nach London. Es ist nicht schwer, sich vorzustellen, dass eines dieser großen Viecher den Big Ben hochklettert oder durch die Touristen am Trafalgar Square hindurchpflügt. Wir müssen unbedingt etwas tun.«

Svetlanova zeigte in Richtung Fenster.

»Wir sitzen auf einem leckgeschlagenen Schiff fest, in einem Sturm, mit einem kaputten Bohrturm. Ihr habt bereits zwei Männer verloren. Was können wir schon großartig tun?«

Mac sah nach oben.

»Ich wär' dafür, zu starten und das ganze Gelände von oben mit Nuklearwaffen zu bombardieren. Ist die einzige Lösung, die auch sicher genug ist.«

»Super Idee«, erwiderte McCally und die Männer lachten alle, als hätte er einen Witz gemacht. Sie war sich nicht sicher, ob Mac es ernst meinte, aber sie reagierte so, als würde er.

»Das könnte tatsächlich funktionieren«, sagte sie.

Banks sah sie an, als läge ihm eine Antwort auf der Zunge, aber eine Windbö erfasste nun das Schiff von der Seite und es schwankte heftig. Das Boot rollte und Svetlanova verlor den Halt, stolperte gegen Banks und beide gingen in einem Wirrwarr von Armen und Beinen zu Boden. Mehrere Atemzüge lang glaubte sie, das Boot würde kentern, doch dann richtete es sich wieder auf, schwankte in die andere Richtung und dann erneut zurück.

Aber etwas fühlte sich hinterher falsch an. Das Schiff wirkte plötzlich schwerfälliger im Wasser, wurde aber gleichzeitig vom Wind noch stärker durchgeschüttelt. Graupel, der fast Hagel war, prasselte hart gegen das Fenster.

Banks half ihr auf die Beine und sie sahen sich beklommen an. Keiner sagte ein Wort … das mussten sie auch nicht.

Das werden zwei lange Stunden werden.

13

»Wir können hier nicht weiter rumsitzen, Cap«, sagte Mac. »Der Kahn säuft ab.«

»Ja, früher oder später wird er das«, erwiderte Banks. »Aber ich hab dich vorhin gehört. Die Dinger sind hart im Nehmen, und wir auch. Wir gehen nirgendwohin bei dem Wetter. Also Arschbacken zusammenkneifen und durchhalten.«

Banks fiel es allerdings schwer, seinem eigenen Ratschlag zu folgen. Er musste ständig an den überfluteten Maschinenraum denken.

Wenn der Schaden schlimmer geworden ist, dann muss ich das wissen.

Ein weiterer Gedanke drängte sich jetzt in den Vordergrund. *Wenn die Isopoden über den Bohrturm nach oben kommen, dann war es vermutlich keine gute Idee, so nahe dran zu sein.* Er musste herausfinden, ob man den

Bohrturm abkoppeln konnte, ihn möglicherweise sogar auf den Meeresboden schicken konnte, und wie einfach oder kompliziert das werden würde.

Vielleicht ist die Idee, einen massiven Luftschlag zu starten, gar nicht so schlecht.

Er konnte bei diesem Wetter nichts wegen des Bohrturms tun. Er war garantiert nicht so dumm, in einem arktischen Sturm nach draußen zu gehen, außer es musste wirklich absolut sein. Doch zumindest konnte er den Maschinenraum überprüfen.

»Halt mir den Rücken frei, Sarge«, sagte er zu Hynd. »Ich gehe mal nach unten und riskiere einen kurzen Blick.«

»Was ist mit der ganzen Scheiße, von wegen, nicht aufteilen und so?«

Banks lächelte.

»Du kannst ja mitgehen und mir die Hand halten, wenn du willst. Ich gehe nur bis zum Fuß der Treppe, werfe einen schnellen Blick in den Maschinenraum, um den Schaden zu begutachten, und bin dann sofort wieder da.«

Hynd nickte.

»Okay, aber ich gehe bis zum ersten Deck mit und decke dir den Rücken, nur falls da noch so eines dieser großen Mistviecher unterwegs ist.«

»Ich glaube, da ist nichts. Ich denke, sie hatte recht, was die Sache mit der Elektrizität angeht.«

»Das will ich mal besser hoffen.«

Die Treppe runterzukommen, erwies sich schon als ein Abenteuer, denn das Rollen und Stampfen des Schiffes war schlimmer geworden, seit er das letzte Mal hinabgestiegen war. Er knallte zweimal heftig gegen die Wand und wurde beinahe von den Beinen geholt, als eine Windbö erneut das ganze Schiff erschütterte. Er hörte jetzt ein lautes Quietschen, wie reißendes Metall aus Richtung des Bugs.

Zwei Stunden, gib mir noch zwei Stunden.

Die einzige gute Neuigkeit im Maschinenraum war, dass das Loch am anderen Ende nicht größer geworden zu sein schien. Aber das Wasser war mindestens dreißig Zentimeter höher gestiegen, seit er das letzte Mal nachgesehen hatte, selbst wenn man das tote Vieh mit einberechnete, das in den Wellen hin und her trieb, die vom Wind und dem Rollen des Schiffes ausgelöst wurden. Der Wind heulte und pfiff durch das Loch und der Graupel, der mittlerweile eher Hagel war, prasselte gegen den Rumpf wie Schrotkugeln. Zumindest gab es kein Lebenszeichen von weiteren Isopoden und es sah auch nicht so aus, als wäre das tote, größere Vieh angefressen worden. Mit ein wenig Glück konnten sie sich die verbleibende Zeit auf dem Schiff verstecken, ohne Angst vor einer erneuten Attacke haben zu müssen.

Aber das Wetter und der steigende Wasserpegel in dem überfluteten Raum bereiteten ihm momentan mehr Sorgen als der Gedanke an einen Angriff. Mac hatte recht gehabt, die Jungs von der Royal Air Force konnten einen Helikopter tatsächlich fast überall landen, aber der Wind da draußen schien einfach nicht nachlassen zu wollen. Eine Rettung war vielleicht doch nicht so nahe, wie sie hofften und die Gefahr, dass das Schiff sank, wurde mit jeder Minute größer.

»Ich glaube, wir können es uns nicht leisten, weiter herumzusitzen und zu warten«, sagte er, als er wieder auf der Brücke war. »Der Kahn übersteht den Sturm vielleicht nicht.«

»Wir können bei dem Wetter nicht die Kajaks nehmen«, erwiderte Hynd. »Das wäre glatter Selbstmord.«

»Das stimmt«, entgegnete Banks. »Aber es könnte eine Möglichkeit geben, den Wind aus dem Norden zu nutzen. Die Küste wird nicht zu uns kommen, aber vielleicht gibt es eine Möglichkeit, wie wir hinkommen könnten.«

Er wandte sich an Svetlanova.

»Wie sind wir an dem Bohrturm festgemacht? Ist er ein Teil des Schiffes?«

»Haben Sie etwa vor, abzulegen? Das Schiff ist daneben vor Anker gegangen, und ich glaube, wir sind mit dem Bohrturm nur über ein paar Drahtseile verbunden. Aber ich habe nicht wirklich darauf geachtet, als das Schiff vor Anker ging, also kann ich es nicht mit Gewissheit sagen. Aber wir können die Anker nicht heben, wenn wir den Strom nicht wieder anschalten.«

»Ich hatte auch nicht vor, sie zu heben«, erwiderte Banks. »Mac, wie stehen die Chancen, dass ein Boot dieser Größe keinen Schweißbrenner an Bord hat?«

»Gering bis nicht vorhanden, würde ich sagen, Cap. Soll ich mal nachschauen, ob ich einen finde? Es gibt hier bestimmt irgendwo Werkzeug des Maschinisten.«

»Solange es nicht schon abgesoffen ist. Wie geht's der Hand?«

»Das Mädel hier hat sich prima darum gekümmert«, sagte er und warf Svetlanova eine Kusshand zu. Er bewegte vorsichtig die Finger. »Noch ein wenig steif und ich kann noch niemandem einen Faustschlag verpassen, aber sie fällt auch nicht ab, zumindest nicht in nächster Zukunft.«

»McCally, du begleitest Mac«, entschied Banks. »Mach aber keine Dummheiten. Keine Heldentaten und nicht mit irgendwas Elektrischem rumspielen. Versuche, was zu finden, womit wir die Ankerkette durchtrennen können und vom Bohrturm ablegen können. Du hast fünfzehn Minuten, dann kommen wir dich suchen.«

Svetlanova sagte: »Ich sollte mitgehen. Ich weiß schließlich, wo die Maschinisten gearbeitet haben, auch wenn ich mich nicht erinnern kann, einen Schneidbrenner gesehen zu haben. Aber ich weiß wenigstens, wo man nicht nachsehen braucht, was die Suche erheblich verkürzen sollte.«

Banks verschwendete keine Zeit, mit ihr zu streiten. Er gab ihr kurzerhand Nolans Waffe.

»Ich weiß bereits, dass Sie damit umgehen können. Lassen Sie sich nur nicht umbringen.«

Dann wandte er sich an alle, die im Raum waren.

»Fünfzehn Minuten. Wir treffen uns am Bug, am Ende des langen Korridors, wo wir an Bord gegangen sind. Dann mal los.«

14

Svetlanova führte die beiden Männer in Richtung Heck. Sie hatte die Maschinisten des Schiffes zwar nicht gekannt, sie aber oft genug gesehen, um zu wissen, wo sie gearbeitet hatten. Statt hoch in den Aufbau mussten sie zwei Decks nach unten gehen, in den hinteren Teil des Schiffes. Die Kabinen der Crew waren dort und darunter ein großer Arbeitsraum der Maschinisten, den sie nie besucht hatte, aber sie vermutete, dort hätten sie die beste Chance, einen Schneidbrenner zu finden.

Es gab in den dunkleren Korridoren und Räumen weitere Spuren des Blutbads, dem die Mannschaft zum Opfer gefallen waren. Männer waren offenbar im Schlaf erwischt worden oder aus Schränken gezerrt worden, in denen sie versucht hatten, sich zu verstecken. Blutspritzer an den Wänden, Gedärme und Fettgewebe lagen in öligen, halb getrockneten Flecken auf dem Boden verteilt und blutige Handabdrücke zeugten von verzweifelten Fluchtversuchen.

Svetlanova blieb stehen, ihre Zehen berührten eine Pfütze geronnenen Blutes, die den Korridor füllte. Der Geruch des Todes war hier überall und auf gewisse Art und Weise war der Anblick des blutigen Abschlachtens hier in den Kabinen, in denen die Crew sich eigentlich ausruhen und sicher sein sollte, noch entsetzlicher.

Mac legte eine Hand auf ihre Schulter.

»Die Augen geradeaus, Mädel«, sagte er leise. »Das Einzige, was wir für sie noch tun können, ist, uns an sie zu erinnern, sie zu betrauern und sie zu rächen, wenn wir die Gelegenheit dazu bekommen. Dein einziger Job ist, uns zum Maschinisten-Raum zu bringen. Je schneller wir wieder nach oben können und frische Luft atmen, desto besser für uns.«

Sie drehte sich zu ihm um und sah, dass der Mann aus Glasgow den verletzten Arm schonte. Er benutzte ihn zu nichts und hatte ihn über den rechten Unterarm gelegt.

»Soll ich ihn mir noch mal ansehen?«, fragte sie.

»Keine Zeit, Mädel«, erwiderte er. »Wir können ihn genauer anschauen, wenn der Job hier erledigt ist. Ist schon okay.«

Doch sein Gesicht sagte eindeutig etwas anderes. Sie sah den Schmerz darin und die tiefen Sorgenfalten.

Aber er hat recht. Wenn wir es nicht schaffen, hier abzuhauen, dann ist es sowieso egal.

Ihre Laune besserte sich ein wenig, als sie aus dem Schlafbereich hinab auf das nächste Deck stiegen. Aber nun mussten sie die Lampen benutzen, die an den Waffen befestigt waren, denn das wenige Sonnenlicht, das vorhanden war, drang nicht bis hier herunter und die fehlende Beleuchtung hatte dafür gesorgt, dass sie nicht mehr sicher war, in welche Richtung sie gehen mussten. Das Rollen und Stampfen des Schiffes drohte bei jedem Schritt, sie von den Beinen zu holen und die Treppe hinabstürzen zu lassen. Sie ließ Mac und McCally vorausgehen, während sie ihnen von hinten Anweisungen gab.

»Zwei Türen weiter ist der Raum, wo wir hinwollen. Wenn es irgendwo einen Schneidbrenner gibt, dann da.«

Die beiden Männer bewegten sich nun vorsichtiger, konzentrierter und behutsamer, die Waffen erhoben, sodass sie anhand des Lichtkegels zielen konnten. Mac ging zuerst und schwenkte die Lampe dabei durch den Raum, drehte sich dann um und winkte McCally heran.

Svetlanova folgte ihnen mit ein paar Metern Abstand, während sie aufmerksam lauschte, ob plötzlich ein

Krabbeln zu hören war, in dem großen Raum, in dem ihre Schritte leise widerhallten. Die Lampen erhellten Tische und Regale mit elektrischen Werkzeugen und Ersatzteilen.

»Bingo, da ist ja die Schönheit«, sagte Mac, als sein Lichtstrahl auf zwei große Zylinder in einem Metallrahmen mit Rollen fielen. Er ging hin, nahm den Pistolengriff am Ende der Schläuche und sah sich die Druckanzeige an.

»Alter. Da ist sogar noch genug Druck in den Mädels. Wir haben unseren Schneidbrenner!«

Seine Stimme hallte aus den leeren Ecken des Raumes wider. Als Reaktion hörte man auf einmal ein Krabbeln von links. Beide Soldaten hatten sich bereits umgedreht und die Waffen erhoben, bevor Svetlanova überhaupt reagierte. Ihre Lichtkegel erhellten einen Durchgang mit einer schweren Stahltür, die offenstand. Die Dunkelheit dahinter wurde von den Lampen kaum vertrieben.

»Was befindet sich hinter der Tür, Mädel?«, fragte Mac.

Sie versuchte sich den Grundriss ins Gedächtnis zu rufen.

»Da ist ein Korridor, der entlang des Maschinenraums verläuft und dann noch der Hauptladeraum«, sagte sie. »Das muss der Zugang für die Maschinisten sein.«

Die Soldaten gingen auf die Tür zu und sie folgte ihnen, während sie den Männern über die Schulter sah. Vor ihnen lag ein langer, leerer Korridor, aber sie erhaschte sofort einen Blick auf etwas, das ihr einen Moment den Atem verschlug. Ein blaues, lumineszierendes Glühen, das ihr nur allzu vertraut war, war in der Ferne zu sehen, tief in den schwarzen Schatten, wo der Korridor in den Laderaum führte. Krabbeln und Kratzen hallte durch den Gang. Das Geräusch kam vom anderen Ende, wo man auch das blaue Schimmern sehen konnte.

»Macht die Tür wieder zu«, flüsterte sie. »Geht zurück und macht die Tür vorsichtig wieder zu. Schnell, bevor sie uns bemerken.«

McCally beeilte sich, ihrer Anweisung nachzukommen. Die Tür fiel mit einem befriedigenden satten Knall ins Schloss. Sie blieben mehrere Sekunden mucksmäuschenstill stehen, doch man hörte nichts mehr. Durch die Tür war kein Geräusch zu vernehmen.

Hoffen wir, dass sie für die Biester das Gleiche bewirkt.

»Sie sind also immer noch auf dem Schiff«, meinte Mac. »Die Wichser sind immer noch da.«

»Ich nehme mal an, sie sind schon eine ganze Weile da«, antwortete Svetlanova. Sie sprach ihren nächsten Gedanken allerdings nicht laut aus, denn sie wollte nicht einmal daran denken.

Aasfresser entfernen sich nie weit von ihrer Beute.

»Wir sollten auf der sicheren Seite sein, solange wir nichts benutzen, das elektrisch ist«, flüsterte sie und versuchte sich selbst genauso davon zu überzeugen, wie die beiden Männer.

Sie standen nun reglos da und beobachteten die Tür … warteten auf einen Angriff, aber es blieb absolut still. Die Biester hatten sie offenbar nicht bemerkt.

Fürs Erste zumindest.

McCally sah auf die Uhr.

»Wir sollten besser aufbrechen«, sagte er. »Der Cap wartet auf das Werkzeug.«

Mac machte sich an dem stählernen Gestell und den Zylindern zu schaffen. Er schlang die Waffe über die Schulter und versuchte das Gerät mit der unverletzten Hand zu bewegen, aber das Gewicht des Gestells, der Schläuche und Zylinder war anscheinend zu viel für ihn. Als er beide Hände auf den Rahmen legte, war es offensichtlich, dass es zu schmerzhaft für ihn war.

McCally hatte es ebenfalls bemerkt und trat sofort zu Mac und schob ihn sachte vom Schneidbrenner weg. Er verstaute die Kabel im Metallrahmen neben den

Flaschen, dann kippte er die ganze Apparatur nach hinten, damit das Gewicht auf den Rädern lag. Er schob es ein paar Meter vor und zurück, überprüfte, ob es leichtgängig rollte, nickte und schien dann zu dem Schluss zu kommen, dass er es allein bewegen konnte.

»Du gehst vorneweg. Wir zwei können das Ding gemeinsam schieben.«

Svetlanova nickte zustimmend und sagte zu Mac: »Ich kann auf der Treppe tragen helfen, wenn es nötig ist. Du behältst dafür die Umgebung im Auge. Einverstanden?«

Es zeigte, wie viel Schmerzen der Mann aus Glasgow tatsächlich empfand, als er dem Plan widerspruchslos zustimmte. Sie verließen den Raum mit Mac an der Spitze und McCally und Svetlanova dahinter, die den unangenehm schweren und sperrigen Rahmen und die Flaschen den Korridor entlang schoben und dabei dem tanzenden Lichtstrahl von Macs Taschenlampe folgten.

Der einzige Korridor, der die gesamte Länge des Bootes auf diesem Stockwerk entlang verlief, war anscheinend derselbe, in den man kam, wenn man durch die Tür ging, die sie verschlossen hatten und an dessen Ende die Viecher lauerten. Um ihn zu umgehen, mussten sie den kompletten Weg zurück, den sie gekommen waren, und zu den Treppen, die fast ihren Ausflug beendeten, als er gerade erst begonnen hatte. Svetlanova und McCally hievten das schwere Gestell die erste Stufe hoch. Das Gewicht der Tanks war beinahe zu viel für sie und der Schwerpunkt des Rahmens verschob sich, als das Schiff schwankte. Er drohte auf sie zu fallen. Sie mussten all ihre Kraft einsetzen, und McCally fluchte heftig, um alles wieder zu stabilisieren.

Sie kamen nur langsam voran, verfielen aber in einen gleichmäßigen Rhythmus aus Anheben und Ausbalancieren und pausierten auf jeder Stufe kurz. Dennoch musste Mac mit der unverletzten Hand mehrere Male mithelfen, damit sie nicht hintenüberkippten und wie ein Kartoffelsack die Treppe herunterfielen. Das und das Scheppern und Klappern der Flaschen, des Rahmens und der Räder, die gegen Treppenstufen und Wände schlugen, als das Boot unter ihnen vor- und zurückrollte, bedeutete, dass es oft zwei Stufen hoch und eine wieder herunter ging. Die ganze Zeit über versuchte sich Svetlanova darauf zu konzentrieren, weiter vorwärtszukommen, während sie sich sorgte, was vielleicht in genau diesem Moment in der Dunkelheit auf sie zu krabbelte.

Schließlich kamen sie bis zu den Quartieren der Crew und als sie sich schneller den Korridor entlangbewegten, schwand Svetlanovas Zuversicht bei dem Gedanken an den weiteren Treppenabsatz, der noch vor ihnen lag.

Wenigstens war jetzt wieder ein wenig Licht zu sehen, wenn auch nur gedämpft, aber das Rollen und Stampfen des Schiffes wurde immer schlimmer und das Heulen des Windes hatte ebenfalls einen Zahn zugelegt, und hörte sich mittlerweile an wie das Kreischen eines Dämons hinter dem Metall des Rumpfes.

Mac ging es immer schlechter, sein Gesicht war extrem blass und schmerzverzerrt, aber er machte trotzdem eine abwehrende Handbewegung, als sie sich seine Wunde ansehen wollte. Sein Akzent wurde immer stärker, wenn er redete, als hätte er nicht mehr die Energie, ihn abzuschwächen, damit sie ihn besser verstand.

»Keine Sorge, Mädel. Mir geht's gut, oder es wird mir zumindest wieder gut gehen, wenn wir das Scheißding endlich dahin gekriegt haben, wo es der Cap haben will.«

»Was hat er bei dem Wetter eigentlich damit vor?«

»Das ist sein Plan B, falls der Hubschrauber die Mission abblasen muss«, erwiderte Mac. »Er wird nichts Gefährliches riskieren, außer er muss, aber er hat trotzdem gern einen Plan für alles.«

»Ich nehme mal an, das Chaos hat er nicht vorhergesehen, oder?«

Mac lachte.

»Unterschätze nicht den Cap, Mädel. Wenn er etwas tun will, dann wird das auch erledigt und nichts steht ihm im Weg, egal ob es Menschen mit dicken Knarren sind oder die fiesen hirnlosen Biester hier.«

Seine Waffe rutschte ihm plötzlich weg und als er sie mit der verletzten Hand packen wollte, schrie er vor Schmerz auf.

Sie griff nach seinem Arm, um ihn sich doch anzusehen, aber er zog ihn schroff zurück. Er war allerdings nicht schnell genug, als dass sie nicht doch die Bandagen gesehen hätte. Vor einiger Zeit waren sie noch weiß gewesen, aber jetzt waren sie durchgeweicht und feucht, und zwar nicht mit Blut, sondern mit einer wässrigen Flüssigkeit, die äußerst grün aussah.

»Wir müssen uns das ansehen, und zwar jetzt sofort«, sagte sie.

Doch Mac war schon auf dem Weg die Treppe hoch.

»Sobald wir den Schweißbrenner zum Captain gebracht haben. Ich hab schließlich meine Befehle.«

Es wurde heller und der letzte Treppenabsatz, der zum langen Korridor über ihnen führte, war leichter zu bewältigen, vielleicht schien es aber auch nur so, jetzt wo Svetlanova vor und hinter sich den Weg erkennen konnte und die Angst wich, dass etwas aus der Dunkelheit auf sie zugeschossen kam. Als sie das obere Ende des Treppenhauses erreicht hatten, war Mac aber eindeutig angeschlagen und schien starke Schmerzen zu leiden.

»Mir ist so kalt, Mädel. Mein Arm fühlt sich wie ein Stück vereistes Metall an und ist auch fast genauso schwer. Hab ich das Gleiche, was Pat hatte? Geht's mit mir auch zu Ende? All die Feuergefechte und die Momente, in denen es mich fast erwischt hätte und jetzt erledigt mich so ein beschissener giftiger Käfer?«

Sie hatte keine gute Antwort parat, das sah er in ihren Augen.

»Ich bin Soldat, Kleine«, sagte er leise. »Irgendwas musste mich ja mal erwischen. Lasst uns den Brenner zum Cap bringen und dann verdammt noch mal von diesem Kahn verschwinden. Hoffentlich kannst du – oder jemand anderes – sich um mich kümmern, bevor ich ins Gras beiße. Doch wenn nicht, hab ich nichts zu bedauern in meinem Leben.«

Ich jede Menge.

Sie sagte nichts, versuchte aber sich noch mehr zu beeilen, während sie den Schneidbrenner schoben, zogen, und ihn den langen Korridor entlang bugsierten, während das Schiff unter ihnen stampfte, rollte und ächzte.

15

Banks, der neben Hynd stand, sah die anderen hastig den langen Korridor entlang auf sie zukommen. Eine Minute später waren sie alle zusammen am Ausgang des Vorderdecks in Richtung Bug.

Banks war bis auf die Knochen durchgeweicht und ihm war eiskalt. Er und Hynd hatten die letzten zehn Minuten draußen im Sturm verbracht und den Anker und die Stahlseile überprüft, die sie mit dem Bohrturm verbanden. Sie hatten nicht lange gebraucht, um festzustellen, dass es sehr viel schwieriger werden würde als gehofft. Einige der Seile waren mit Schellen festgemacht und die konnte man recht leicht entfernen, wenn man das Eis vom Metall wegschlug, aber die anderen waren verrostet und bewegten sich keinen Millimeter. Diese würden sie durchschweißen müssen. Mit einem Schneidbrenner war das bei besserem Wetter kein großes

Problem, aber der Sturm schien einfach nicht nachlassen zu wollen. Wind und Eisregen peitschten über das rollende und stampfende Deck und der Seegang wurde immer heftiger.

Es würde gefährlich werden, das Schiff vom Bohrturm loszumachen.

Außerdem waren da noch die zwei Ankerketten aus zentimeterdickem schwarzem Eisen, beide an Stellen befestigt, wo man keinerlei Schutz vor den Elementen hatte. Vielleicht kam man von einem tieferen Deck aus an den Kettenmechanismus heran, aber dann mussten sie sich wieder auf die Suche machen und die Aussicht, da unten im Dunkeln zu arbeiten und auf noch mehr der Isopoden zu stoßen war deutlich unangenehmer, als sich dem Wetter auszusetzen.

Banks hatte gehofft, dass sie den Job vielleicht in Schichten erledigen konnten … Zweimannteams, die zusammen die Ketten durchtrennten, während sich die anderen ausruhten und kurz verschnaufen konnten … aber ein Blick auf Mac und die Idee war gestorben.

»Wie geht's dir, Mac?«

»Ich hatte schon bessere Wochenenden, Cap. Alles in allem wäre ich jetzt lieber in Kairo.«

Mac hob den Arm und zeigte ihm die grün verfärbten Bandagen. Der Geruch stieg ihnen sofort in die Nase;

es war ein Gestank von Verwesung und Essig, der in der Nase biss und im Rachen kratzte.

Banks fragte Svetlanova: »Hat die Bleiche nicht funktioniert?«

»Kann ich nicht genau sagen. Es könnte die Infektion oder das Gift auch genug verlangsamt haben, damit sich sein Körper dagegen wehren kann. Aber er lässt mich die Wunde leider nicht überprüfen.«

»Hey, Cap, ich kann ja hierbleiben«, sagte Mac. »Ich hab nicht mehr die Kraft, in den Regen rauszugehen, das geb ich zu, aber ich kann euch immer noch den Rücken decken und meine Waffe benutzen.«

Banks wandte sich wieder an die Frau.

»Was ist mit Ihnen? Können Sie mit einem Schneidbrenner umgehen?«

Sie schüttelte den Kopf. »Ich hab leider keine Ahnung von den Teilen. Aber ich tue alles, um zu helfen. Sagen Sie mir einfach, was ich machen soll.«

»Kümmern Sie sich so gut es geht, um Mac«, sagte er daraufhin und wandte sich dann an den Glasgower. »Die nette Lady hier wird deine Wunde neu verbinden. Tu mir einen Gefallen und führe dich deswegen nicht wie ein Arsch auf, okay?«

Mac salutierte müde.

»Du bist der Boss, Cap.«

Banks wandte sich nun an McCally und Hynd.

»Wir drei haben eine Menge Arbeit vor uns. Packt euch warm ein und zieht Handschuhe an. Das wird echt brutal werden.«

Hynd meldete sich nun zu Wort.

»Du hilfst erst einmal, Mac zu versorgen. McCally und ich machen uns als Erste an die Arbeit«, sagte er. »Ich schicke ihn dann wieder rein, dann hilfst du mir und anschließend wechseln wir uns ab, okay?«

»Zehn Minuten für McCally und dann komme ich raus und danach wechseln wir regelmäßig. Wir konzentrieren uns zuerst auf die Stahlseile, an denen der Bohrturm festgemacht ist. Wenn wir Glück haben, zerlegt der Sturm den Turm für uns. Danach machen wir uns an die Anker. Wenn wir das nicht in einer Stunde schaffen, dann schaffen wir es gar nicht«, erwiderte Banks. »Also los, Sarge. Viel Glück.«

»Da ist noch was anderes, Cap«, sagte McCally. »Diese Biester sind auf jeden Fall noch an Bord. Wir haben ein paar davon im Laderaum gesehen, aber wir haben sie in Ruhe gelassen und sie uns auch.«

»Hoffentlich hält das Wetter sie unten. Aber selbst, wenn nicht, können wir im Moment einen Scheiß daran ändern«, sagte Banks. »Wir konzentrieren uns also auf die Schweißarbeiten und halten dabei die

Augen offen, mehr können wir im Moment sowieso nicht machen.«

Banks hielt die Tür zum Deck offen, während Hynd und McCally das Schweißgerät die kurze Treppe hoch schleppten. Er ließ sie raus in den böigen Wind und den prasselnden Eisregen.

»Zehn Minuten, nicht länger«, rief er.

Hynd salutierte, dann verschwanden sie im Sturm. Banks machte die Tür erst zu, als er sie nicht mehr sehen konnte. Das Heulen des Sturms wurde daraufhin ein wenig leiser im Korridor, aber nicht viel.

Svetlanova hatte sich bereits an Macs Wunden zu schaffen gemacht. Er saß auf dem Boden, den Rücken gegen die Wand gelehnt, eine frisch angezündete Zigarette zwischen den Lippen und das Gesicht vor Schmerz zur Grimasse verzerrt, während sie die nassen, grün verfärbten Bandagen entfernte. Banks wollte ihr die besudelten Binden abnehmen, aber sie schubste seine Hand weg.

»Wir sollten die besser nicht anfassen, wenn wir nicht müssen. Wenn es bakteriell oder viral ist …«

Die Botschaft schien anzukommen und er sah deshalb nur zu, wie der Haufen Verbandsmaterial auf dem Boden immer größer wurde. Dabei stieg ihm der Gestank noch mehr als vorher in die Nase. Dasselbe beißende Aroma, das er bei Nolan gerochen hatte, auch Macs Wunden schienen im gleichen Zustand zu sein, wie die des Iren. Sie hatten das Klammerpflaster gesprengt und waren offen und grau, mit grünem Schleim, der in dem Schnitt blubberte und schwärte. Svetlanova begann vorsichtig die suppende Flüssigkeit mit einem Baumwolltupfer zu entfernen, aber so schnell, wie sie es entfernte, kam neue Flüssigkeit aus der Wunde gequollen.

Mac sah sich die Wunde an und schaute dann schnell wieder weg.

»Schneide den Arm ab, Cap. Suche nach einer großen Klinge und trenne ihn am Ellbogen ab. Ich kann eh von der Schulter abwärts nur noch einen Scheiß fühlen. Ich halte das schon aus.«

»Red keinen Mist, Mann«, sagte Banks. »Der Schock würde dich umbringen. Der Hubschrauber ist bereits unterwegs.«

Mac lachte.

»Wer redet denn jetzt hier Scheiß, Cap? Wir wissen doch beide, dass die irgendwo in Sicherheit warten, bis das Wetter besser wird. Die Jungs von der Luftwaffe sind vielleicht wahnsinnige Wichser, aber die sind nicht dumm.«

Mac hatte nun das ausgesprochen, was Banks sich lieber gar nicht vorstellen wollte, aber er hatte natürlich recht mit seiner Einschätzung. Der Helikopter würde bei diesem Wetter nichts riskieren.

Wir sind auf uns allein gestellt, bis der Sturm nachlässt oder das Boot sinkt. Wie es auch läuft, wir müssen uns selbst bemühen, das Ganze hier zu überleben.

Svetlanova hatte die Wunde so gut wie möglich gereinigt und verband sie jetzt rasch mit sauberen Binden. Sie hob sein Kinn, um ihm in die Augen zu sehen, und dabei wurde sein Hals sichtbar. Banks sah es, sagte aber nichts und drehte sich schnell wieder weg, damit Mac nicht mitbekam, dass er ihn angestarrt hatte. Die großen Venen standen pulsierend hervor, und sie waren nicht mehr rot, sondern grün.

Er schickte ein Stoßgebet an die Wettergötter gen Himmel.

Kann das Schicksal nicht einmal auf unserer Seite stehen? Mac braucht dringend Hilfe und ich kann nicht noch einmal dabei zusehen, wie ein Mann so verreckt wie Nolan.

Mac sah zu ihm auf.

»Willst du eine Kippe haben, Cap? Um der alten Zeiten willen?«

Banks lachte bitter.

»Jo, das ist genau das, was wir jetzt brauchen, noch so eine Suchtlunge im Team. Rauch eine für mich mit. Ich bleibe lieber beim Whiskey und wenn wir wieder daheim sind, rauche ich dafür zwei mit dir in der Messe.«

Mac erwiderte nichts.

Er erkennt eine Lüge, wenn er eine hört.

Mac und Svetlanova rauchten eine Weile schweigend zusammen und McCally kam zurück, nicht lange, nachdem Mac seine Zigarette beendet hatte. Die Tür öffnete sich und begleitet von einem Graupelschauer und dem Heulen des Windes trat er ein und schloss hastig die Tür hinter sich.

»Wie läuft's?«, fragte Banks, während McCally die Graupel von seiner Jacke und den Beinen schüttelte.

»Die Schellen sind jetzt durchgeschweißt und auch zwei der Stahlseile, die den Bohrturm halten«, sagte er. Er hatte noch Eis auf dem Kinn und der Nase, und die Augenbrauen sahen aus, als wären sie an der Stirn festgefroren. Er war komplett durchweicht und bot den erbärmlichsten Anblick, den Banks jemals gesehen hatte.

Jetzt bin ich dran.

»Zieh wenigstens die Jacke aus«, sagte er, als er zur Tür ging. »Beim nächsten Mal kannst du die von Mac anziehen. Das hilft wenigstens ein bisschen.«

Er sah den Ausdruck auf McCallys Gesicht. Dieser schien nicht der Ansicht zu sein, dass es viel helfen würde.

Er zog die Jacke so eng um sich, wie es ging und zurrte die Kapuze so weit zu, dass er nur noch durch ein kleines Loch sehen konnte. Dann ließ er die Waffe auf dem Boden neben Mac zurück und ging nach draußen in den Sturm.

Der Wind und die Graupel peitschten ihm sofort ins Gesicht. Er drehte sich seitlich, orientierte sich in die Richtung, in der in zehn Metern zu seiner Rechten der Bohrturm war, dann machte er sich weit vornübergebeugt auf den Weg.

Nach zwei Schritten, die sich wie zwanzig anfühlten, weil er jeden Zentimeter gegen den Wind ankämpfen musste, sah er das blaue Leuchten des Schneidbrenners und folgte dem Lichtschein, bis er auf Hynd stieß, der über eines der Stahlseile gebeugt dastand, mit denen der Bohrturm festgemacht war.

»Das ist das letzte, Cap«, rief Hynd und seine Stimme wurde vom Wind fast vollständig getilgt. Das Seil war jetzt durchtrennt und ohne sich die Mühe zu machen, die Flamme zu löschen, zogen Hynd und Banks den Stahlrahmen mit den Gasflaschen über das Deck in Richtung der ersten Ankerkette.

Das Gewicht des Rahmens gab ihnen eine gewisse Stabilität, aber sobald sie bei der Ankerkette angekommen waren, zerrte der Sturm an ihnen und drohte, Werkzeuge, Flaschen und Männer, zur Seite zu wehen, und sie mussten konstant dagegen ankämpfen. Sie benutzten die Gasflaschen als eine Art Windschutz und Banks hielt sie aufrecht, indem er sie mit dem Rücken abstützte, während Hynd arbeitete. Er justierte die Flamme neu, bis sie gelb wurde, und machte sich dann daran, die Ankerkette so weit aufzuwärmen, dass man sie durchtrennen konnte. Der Wind rüttelte sie kräftig durch, der Graupel prasselte gegen ihre Kapuzen und Beine und Hynd hatte Mühe, die Flamme für mehr als ein paar Sekunden auf dieselbe Stelle zu richten.

Das wird eine Weile dauern, und so viel Zeit haben wir nicht.

Banks sah auf die Anzeige. Sie hatten schon fast die Hälfte des Sauerstoffs verbraucht und immer noch einen Großteil der Schneidarbeit vor sich.

16

Svetlanova hörte zu, während Mac redete und McCally versuchte ein bisschen Wärme in seine Hände und Füße zu kriegen. Sie rauchten Macs Zigaretten und der Mann aus Glasgow wurdc langsam rührselig.

»Ich will, dass du meiner alten Mutter von mir Lebewohl sagst, McCally. Sie mag dich. Verdammt, sie mag dich mehr, als sie mich mag, glaube ich. Aber sie ist nun mal meine Ma und sie soll wissen, dass ich am Ende an sie gedacht habe.«

»Das Ende? Red keinen Bockmist, Mann«, erwiderte McCally. »Das kannst du ihr selbst sagen, wenn wir zurückkommen.«

Mac nahm daraufhin die Kapuze ab und zeigte McCally seinen Hals.

»Ihr habt wohl gedacht, ich hätte es nicht bemerkt, aber ich kann es spüren, wie Eis in den Adern. Es ist scheißkalt. Im Moment kriecht es gerade an meinen Ohren hoch. Wenn es beim Hirn ankommt, dann war es das für mich, nehme ich mal an.«

McCally versuchte ein Lachen zustande zu bringen.

»Weg damit und gut is'«, sagte er. »Du bist doch jahrelang ohne Hirn ausgekommen, dann überlebst du so auch noch ein Weilchen.«

Doch er bekam keine Antwort, denn in diesem Moment krachte die Tür auf und Hynd kam herein. Er sah noch durchgefrorener und nasser aus als McCally vorhin, etwas, das Svetlanova für unmöglich gehalten hätte.

»Wir sind jetzt an der ersten Ankerkette … der auf der Steuerbordseite. Du bist dran McCally«, presste er durch Lippen hervor, die aussahen, als seien sie fast gefroren.

»Willst du meine Jacke haben?«, fragte Mac und machte sich daran, den Parka auszuziehen, wobei ein grüner Schmierer im Ärmel sichtbar wurde.

»Schon okay, Großer«, sagte McCally. »Dieses Mal nicht. Vielleicht beim nächsten Mal.«

McCally ging wieder raus und Hynd machte die Tür hinter ihm zu, dabei stolperte er und wäre beinahe gestürzt. Svetlanova überlegte nicht lange. Sie öffnete die Jacke des Mannes, warf sie auf den Boden und umarmte ihn, während er erbärmlich zitterte. Sie ließ ihn nicht los, bis das Zittern aufhörte.

Mac saß derweil auf dem Boden und lachte.

»Verdammt, wenn ich gewusst hätte, dass es so einfach ist, dann wäre ich auch mal rausgegangen und hätte mich ein bisschen verkühlt und durchweichen lassen.«

Hynd löste sich aus Svetlanovas Umarmung und dankte ihr mit wenig mehr als einem Nicken, bevor er sich neben Mac hinkniete.

»Hast du eine Kippe, Mac? Jetzt wäre mir nach einer.«

»Du hast doch vor fünf Jahren aufgehört, oder?«

»Ich hab mir gedacht, jetzt wäre genau der richtige Moment, um wieder anzufangen. Ich sag's meiner Frau nicht, wenn du es nicht tust.«

Mac machte Zigaretten für sie alle drei an.

»Wie läuft's denn draußen, Sarge?«

Hynd nahm einen tiefen Zug von der Zigarette, bevor er antwortete; es kam fast kein Rauch heraus. Svetlanova wusste, dass sie eine Woche lang husten würde, wenn sie das versucht hätte.

»Wir haben den Bohrturm abgelöst, aber wir sind immer noch an Ort und Stelle, dicht daneben. Die Scheiß Ankerketten sind echt schwer zu durchtrennen. Wir sind erst etwa halb durch eine von beiden durch.«

Svetlanova sagte als Erste etwas.

»Der Bohrturm steht bei dem Sturm frei? Ich dachte, dass der ihn umbläst, wenn man die Stahlseile entfernt.«

»Ja, das haben wir auch gedacht«, erwiderte Hynd und inhalierte einen weiteren Zug tief in die Lunge. »Aber er ist noch da.«

»Haben wir denn genug Gas, um den Job zu erledigen?«, fragte Mac.

Hynd gab zuerst keine Antwort, meinte dann aber leise: »Vielleicht ja, vielleicht nein. Es wird knapp werden.«

Mac lachte.

»Vielleicht hab ich ja Glück und kratze vorher ab.«

Seine Bandagen waren schon wieder grün durchtränkt, aber dieses Mal weigerte er sich, die Wunden von Svetlanova säubern zu lassen.

»Ich hab dich gehört, Mädel, als du mit dem Cap geredet hast. Du solltest den grünen Mist lieber nicht anfassen. Lass es einfach. Das meiste davon ist sowieso in mir, also kann es auch bleiben, wo es ist.« Er sah zu Hynd hoch. »Tu mir bloß einen Gefallen, Sarge, ja? Erschieß mich, bevor es zu schlimm wird. Ich will nicht sehen, wie ich mich zu einer kleinen Pfütze grüner Kotze und Schleim auflöse. Versprichst du's mir?«

Hynd nahm Macs unverletzte Hand in seine.

»Ich kümmere mich schon um dich, Kumpel. Mach dir keine Sorgen. Aber halte so lange durch, wie du kannst. Ich glaube, der Wind lässt gerade ein wenig nach und der Graupel auch. Wir können vielleicht doch noch rechtzeitig aus dem Wetter raus sein, damit uns der Helikopter ausfliegen kann. Gib noch nicht auf.«

Sie drückten sich fest die Hände und beide hatten Tränen in den Augen, als Hynd aufstand.

»Da draußen ist es arschkalt«, sagte er, »und du bist hier drin, sitzt auf deinem Arsch, rauchst Kippen und eine bildhübsche russische Spionin kümmert sich um dich. Du glücklicher Bastard.«

»Ich bin keine Spionin«, sagte Svetlanova empört, bevor ihr klarwurde, dass es nur ein Scherz gewesen war.

»Kann ein sterbender Mann nicht einen letzten Wunsch erfüllt kriegen?«, fragte Mac. »Ich wollte doch schon immer James Bond sein.«

»Dafür ist dein Pimmel zu klein, Mann«, sagte Hynd. »Ich hab dich unter der Dusche gesehen.«

»Hey, da war es verdammt kalt. Wenn du überhaupt einen hättest, dann wäre dir das aufgefallen.«

Svetlanova lachte immer noch, als die Tür wieder aufknallte und Banks zurückkam.

»Eine Kette ist weg, eine ist noch übrig«, erklärte er, als er reinkam und Hynd, dem kaum wärmer geworden war, ging wieder hinaus in den Sturm.

17

Als die Russin seinen Parka öffnete, ihn auszog und Banks fest umarmte, wusste er nicht so recht, ob er die Umarmung erwidern oder sie wegstoßen sollte.

»Ist schon okay, Cap«, sagte Mac von seinem Sitzplatz am Boden aus. »Das macht sie bei all den Jungs. Abgesehen von mir. Sie mag mich offenbar nur wegen meiner Kippen. Wie läuft's denn da draußen?«

»Mal so, mal so«, erwiderte Banks. Er hatte langsam wieder Gefühl in den Fingern, doch sie brannten, als würde man sie über eine Flamme halten. Das Glühen des Schneidbrenners stand ihm noch vor Augen, als er die Tür schloss – wie, wenn man zu lange in die Sonne geblickt hatte – und ein hämmernder Kopfschmerz ließ jedes Wort, das er aussprach, so klingen, als würde es durch einen langen, dunklen Tunnel dröhnen. »Wir haben die erste Ankerkette durch und sie vor ein paar

Minuten ins Meer fallen lassen. Hat aber einen Scheiß an unserer Position geändert. Die zweite Kette hält uns immer noch fest an Ort und Stelle. Wir haben angefangen, sie durchzuschneiden, aber ich bezweifle, dass in den Flaschen noch genug Saft ist, um den Job zu beenden. Es wird auf jeden Fall knapp.«

»Echt? Na ja, hier drin ist alles eitel Sonnenschein, wie man sieht. Der Sarge hat gemeint, der Wind hätte nachgelassen?«

»Jepp, das stimmt zumindest. Der Graupel hat auch fast aufgehört. Halt durch, Mac. Der Helikopter wird schneller da sein, als du denkst.«

»Das sagen irgendwie alle«, erwiderte Mac.

Der Glasgower sah nicht gut aus. Die grünen Venen an seinem Hals pulsierten heftig, die Bandagen am Handgelenk waren durchnässt und es tropfte grünlicher Schleim auf den Boden. Sein Gesicht war aschfahl und kalter Schweiß lief ihm von der Stirn. Aber er schaffte es zumindest, zu lächeln, als er aufblickte und Banks und Svetlanova ansah.

»Du kannst ihn jetzt wieder loslassen, Mädel. Er ist ein verheirateter Mann und seine Frau wird schnell eifersüchtig.«

Banks löste sich aus der Umarmung und sah auf die Uhr.

»Behalte den Korridor im Auge, Mac«, sagte er. »Ich muss ein letztes Mal einen Funkspruch absetzen.«

Mac griff nach der Waffe, bekam sie aber nicht richtig zu fassen, bis Svetlanova sich bückte und dafür sorgte, dass er sie fest in der Hand hatte und damit auf den Korridor zielte. Sie hockte sich neben den Mann, der auf dem Boden saß, nahm sich Nolans Waffe und hielt sie in dieselbe Richtung.

»Bereit, wenn du es bist, Cap«, meinte sie in einer perfekten Imitation von Macs Akzent.

»Wir machen schon noch eine echte Schottin aus dir, Mädel«, sagte Mac. »Willst du vielleicht mal meine alte Ma kennenlernen? Sie würde dich bestimmt lieben.«

Banks schaffte es, das Telefon beim zweiten Versuch aus der Tasche zu fummeln; seine Hände waren immer noch taub und kribbelten und die Finger fühlten sich wie kalte Würstchen an, aber er schaffte es schließlich doch, die Nummer einzugeben, und hörte das Klingeln am anderen Ende der Leitung.

»Check in«, sagte er.

Doch die Stimme am anderen Ende überraschte ihn, weil sie vom Protokoll abwich.

»Check in. Es wird eine kleine Verzögerung des Pickups geben, aufgrund schlechter Wetterbedingungen in Ihrem Gebiet. Halten Sie das Paket aber bereit.«

Die Leitung war tot, aber er hatte trotzdem lange genug telefoniert, um die Aufmerksamkeit eines der Biester zu erregen. Es kam schnell den Korridor entlang, und es war fast so breit, dass es von einer Wand zur anderen reichte. Es krabbelte und schabte über den Boden, wie ein flach gedrücktes Fass auf Beinen.

Banks bückte sich nach der Waffe, aber seine Hände waren immer noch zu taub und ungeschickt, deshalb ließ er das Gewehr fast fallen. Das Biest kam immer näher, aber er hätte sich gar nicht bemühen müssen. Wie abgesprochen, feuerten Svetlanova und Mac gleichzeitig, jeder drei Kugeln, dem Vieh direkt ins Gesicht. Es fiel flach auf den Boden, etwa fünf Meter von ihnen entfernt, und rührte sich nicht mehr.

»Gib dem Mädel später unbedingt einen Job, Cap«, sagte Mac. »Die ist ein Naturtalent.«

»Der Hubschrauber ist auf jeden Fall auf dem Weg«, sagte Banks, als seine Ohren nicht mehr klingelten. »Es kommt nur darauf an, wann dieser Scheiß Sturm endlich nachlässt.«

»Sollten wir nicht dem Sarge und McCally sagen, dass sie aufhören können, die Ketten durchzuschweißen?«

»Nein. Ich will immer noch schnell von diesem Bohrturm wegkönnen, falls noch mehr von den großen Viechern hochkommen sollten.«

»Und was ist mit denen, die im Laderaum sind?«

»Das hab ich mich auch gefragt«, erwiderte Banks. »Wenn wir im Hubschrauber sind, dann können wir sagen, dass sie einen Luftschlag anordnen sollen. Wir könnten auch schon jetzt einen anfordern, aber dann sind wir am Arsch, wenn das Wetter sich nicht bessert.«

»Ich bin sowieso am Arsch, egal was passiert«, sagte Mac und zündete für sich selbst und Svetlanova eine weitere Zigarette an. Er wollte ihr eine davon geben, zog sie dann aber wieder zurück und zeigte ihr den Filter. Er war grün an den Stellen, wo dieser seine Lippen berührt hatte.

»Ich nehme mal an, du hast dich schon darauf gefreut, aber es sieht ganz so aus, als wäre ein letzter Kuss nicht mehr drin, Mädel«, sagte er.

Banks ging noch zweimal raus in den Sturm. Beim zweiten Mal war er gerade bei McCally, als der Sauerstofftank ein paar Mal stotterte und dann komplett den Geist aufgab. Dabei hatten sie erst zwei Drittel der zweiten Ankerkette geschafft.

Das war nicht genug.

»Scheiß drauf. Wir haben getan, was wir konnten«, rief er McCally zu. »Jetzt müssen wir alle Hoffnung auf den Helikopter setzen.«

Sie gingen wieder rein, um sich den anderen anzuschließen. Der Graupelregen hatte mittlerweile vollständig aufgehört und der Wind hatte auf jeden Fall nachgelassen.

Aber hat er genug nachgelassen?

Kommt schon Jungs. Tut uns einen Gefallen und holt uns von diesem beschissenen Boot.

18

Reden war alles, was Mac noch geblieben war, und er plapperte deshalb einfach drauflos. Er hatte eine ganze Reihe von Anekdoten und Geschichten auf Lager, die er zum Besten gab, während die Arbeit auf dem Deck weiterging.

»Ich bin wie so ein Scheiß Bibliothekar«, sagte er und tippte sich mit seiner unverletzten Hand gegen die Stirn. »Ich hab die ganze Geschichte des Teams hier oben gespeichert. Jede Scheiße, in die wir mal geraten und aus der wir wieder rausgekommen sind. Wer Mist gebaut hat, wer ein Held war, wie oft wir uns gegenseitig die Haut gerettet haben oder gerettet wurden. Was wird mit diesem ganzen Zeug passieren?«

Svetlanova hatte nur mit halbem Ohr zugehört. Ihr Blick kehrte immer wieder zu dem toten Isopoden im Korridor zurück. Als Wissenschaftlerin wollte sie ihn unbedingt untersuchen, um seine Geheimnisse zu ergründen, aber als Mensch wollte sie, dass er verschwand. Aus den Augen aus dem Sinn, an einen dunklen Ort, an dem er für alle Ewigkeit verrotten würde. Sie hatte offenbar eine Frage überhört, denn Mac sah sie an und wartete auf eine Antwort.

»Sorry«, sagte sie. »Ich frage mich nur gerade, was mit mir passiert, wenn wir hier rauskommen.«

»Ich würde mir keine Sorgen machen, Mädel. Du bist nicht unser erster politischer Gefangener. Du bist auch nicht der erste russische. Die werden dir in London ein paar Fragen stellen, dann setzt du dich einfach zur Ruhe, es gibt eine kleine Rente und du kannst dich irgendwo im Land niederlassen, wenn du willst.«

Sie lachte.

»Das ist vermutlich besser, als das, was ich kriegen würde, wenn ich nach Moskau zurückkehre.«

Mac lächelte, hustete dann und wischte sich grün-fleckigen Speichel von den Lippen.

»Ich würde dich ja nach Glasgow zum Sightseeing einladen«, sagte er, »aber ich befürchte, ich hab schon was anderes vor, weil ich ja tot sein werde und so.«

Sie wusste, dass eine Antwort nicht unbedingt angebracht war, denn es war für ihn bestimmt schon schwer genug, seine eigenen Ängste im Zaum zu halten, ohne sich auch noch mit ihren befassen zu müssen. Der Verrottungsgestank strömte mittlerweile in Wellen von ihm aus, ein beißender Geruch, den man niederkämpfen musste, wenn er einen hinten im Rachen kitzelte. Die dicken Venen an seinem Hals waren giftgrün, die Augen so rot wie heiße Kohlen und mittlerweile sahen die Adern in seinen Wangen auch grün aus.

Wenn ihre Erfahrung mit Nolan ein Maßstab war, dann hatte Mac nicht mehr lange zu leben. Sie wollte aber nicht noch jemandem beim Sterben zusehen müssen. Die Erinnerungen an das erste Mal würden sie bereits den Rest ihres Lebens verfolgen. Zwei Mal war einfach zu viel. Als Banks und McCally zurückkamen, um zu berichten, dass der Versuch, den Anker zu entfernen, gescheitert war, nahm sie deshalb die Gelegenheit wahr, um die Treppen hochzugehen und allein an Deck eine Zigarette zu rauchen.

Der Sturm hatte nachgelassen, doch der Wind wehte immer noch heftig aus Norden. Der Schneeregen hatte komplett aufgehört und die dunklen Wolken über ihr rissen bereits auf. Man konnte sogar ein wenig blau an einigen Stellen sehen, je weiter sie in Richtung Norden blickte. Das Schiff hatte leichte Schlagseite nach Steuerbord und der Bohrturm schwankte und ächzte alarmierend.

Aber wir schwimmen immer noch und ich bin nicht tot.

Sie hielt die Zigarette gegen den Wind geschützt in der Hand und versuchte ein wenig Ruhe in die unzähligen Bilder und Eindrücke zu bringen, die ihren Geist überfluteten. Zum ersten Mal seit Tagen gestattete sie sich ein wenig Hoffnung.

Vielleicht überlebe ich das Ganze ja doch.

Dann dachte sie an den Glasgower, an den Mann, der immer lustig und nett zu ihr gewesen war und nun im Sterben lag.

Er hat es nicht verdient, allein zu sterben.

Sie schnippte den Zigarettenstummel weg, drehte sich um und wollte wieder reingehen, doch da hörte sie es plötzlich … weit entfernt und fast vom Wind übertönt aber dennoch deutlich genug, um kein Hirngespinst zu sein … das *Wupp-Wupp* eines Helikopters. Sie drehte sich um, versuchte die Quelle auszumachen, und dann sah sie ihn – einen kleinen Punkt im Westen, der sich stetig näherte.

Captain Banks reagierte unverzüglich auf ihre Neuigkeiten.

»Sarge, du bringst Mac nach oben auf das Deck, und zwar sofort. Das muss jetzt alles nach Lehrbuch ablaufen.«

In weniger als einer Minute waren sie alle an Deck und standen am Bug, als der Helikopter aus Richtung Westen kam. Es war offensichtlich, dass der Pilot Mühe hatte, geradeaus zu fliegen, aber der schwarze Punkt wurde trotzdem schnell größer. Svetlanova sah die Positionslichter, die in der Dämmerung unter den immer noch tief hängenden Wolken leuchteten.

Sie machte einen Schritt nach vorn und ergriff Banks Arm.

»Captain.«

Er drehte sich um und sah die Sorge in ihrem Gesicht.

»Was ist?«

Sie fand nicht sofort die richtigen Worte, um die Angst zu beschreiben, die sie befallen hatte, also wählte sie die einfachste Erklärung, die ihr einfiel.

»Der Helikopter … er ist hell erleuchtet.«

»Und?«

»Das bedeutet jede Menge Elektrizität.«

»Scheiße. McCally, Sarge, geht auf das Seitendeck und behaltet den Bohrturm im Auge. Wenn da irgendwas hochkommt, dann schickt es sofort wieder zurück in die Tiefe, so schnell es geht. Ich gebe Mac währenddessen Deckung, wenn der Helikopter da ist. Wenn er und Svetlanova an Bord sind, kommt zu mir zurück und wir geben euch Deckung.«

Die beiden Männer liefen sofort zur Seite des Schiffes. Mac stolperte und wäre fast hingefallen. Sein Gewehr fiel scheppernd auf das Deck und sie sah, dass er nicht mehr die Energie hatte, es wieder zu holen. Svetlanova legte sich daraufhin Macs unverletzten Arm über ihre Schulter und stützte ihn.

»Stirb mir bloß nicht weg, Mac«, sagte sie und imitierte dabei seinen Akzent. »Nicht jetzt, wo ich dir versprochen habe, deine Ma zu treffen.«

Falls er etwas erwiderte, dann hörte sie es nicht, weil der sich nähernde Helikopter so laut war. Aber sie spürte, wie er sich an ihr festklammerte.

Der Hubschrauber schwebte nun knapp zehn Meter über dem Deck und ging dann langsam tiefer.

In Svetlanova keimte die Hoffnung auf, dass sie und Mac vielleicht doch noch lebend rauskamen, bevor der Angriff erfolgte. Am Bohrturm tat sich anscheinend nichts, aber in Wirklichkeit waren sie in die Zange genommen worden, ohne überhaupt damit gerechnet zu haben. Die Luken des Laderaums knallten plötzlich auf und ein Isopode in der Größe eines Pick-ups schnellte heraus, fast direkt unterhalb des Helikopters, und streckte sich ihm entgegen. Eines seiner Tentakel kam dem Rotor offenbar zu nahe. Es wurde sauber abgehackt, aber es war leider auch stark genug gewesen, um die Rotorblätter zu bremsen, und der Helikopter krachte deshalb auf das Deck, wo er sofort von einem Schwarm kleinerer Isopoden eingehüllt wurde, die wie eine Welle aus dem Laderaum schwappten. Die Maschine wurde zur Seite gedrückt, als der größere Isopode sie über das Deck schob. Svetlanova musste Mac wegzerren, damit sie nicht beide vom Heckrotor in Stücke gefetzt wurden. Der Hubschrauber knallte jetzt der Länge nach gegen den Bohrturm, der durch das Gewicht der Maschine und der Isopoden, die dagegen drängten, langsam zur Seite kippte.

Danach ging alles seitlich über Bord und fiel ins Wasser … der Helikopter, der Bohrturm und die Isopoden. Sie verschwanden allesamt in der Tiefe. Das Schiff erzitterte, aufgrund einer Kollision irgendwo unterhalb der Wasserlinie. Svetlanova vermutete, dass ein Teil des Bohrturms gegen den Rumpf geknallt war.

Das Deck des Bootes hob sich und man hörte nun ein Krachen, so laut wie ein Donnerschlag, als die

Ankerkette endlich nachgab und das Schiff einen Satz machte und heftig nach Steuerbord rollte. Der Bug hob sich, nur um kurz darauf mit einem gewaltigen Klatschen wieder hochzukommen, wobei Wasser über das Vorderdeck schwappte und sie alle bis auf die Knochen durchnässt wurden.

Dann war plötzlich alles ruhig. Unheimlich ruhig. Selbst der Wind hatte aufgehört zu heulen und schien den Atem anzuhalten, um zu sehen, was als Nächstes passierte. Das Schiff drehte sich unter ihnen langsam mit dem Wind und trieb dann träge nach Süden. Es lag schwer im Wasser.

Mac sagte etwas in ihr Ohr, es war fast nur noch ein Flüstern: »Na, jetzt sind wir aber gewaltig in den Arsch gefickt.«

19

Für Banks schien alles in Zeitlupe abzulaufen und es dauerte ein paar Sekunden, bis ihm klar wurde, wie viel sich in dieser kurzen Zeit verändert hatte. Er rannte zum Seitendeck und sah hinab. Unten in der Tiefe entfernte sich etwas blau Schimmerndes und Leuchtendes von ihnen und verschwand in der Dunkelheit. Alles, was von dem Bohrturm noch übrig war, ging gerade ebenfalls unter, inklusive der kaputten Reste der Kajaks, mit denen sie an Bord gekommen waren. Es gab keine Spur mehr des Helikopters oder seiner Crew.

Die Ankerkette hatte letzten Endes am schwächsten Punkt nachgegeben. Dort, wo sie geschweißt hatten. Aber als sie von Bord gezogen wurde, hatte sie leider auch einen Teil des Kiels mitgerissen. Außerdem war das Boot zum Spielball des Windes geworden. Im Moment sah es so aus, als hielten sie direkt auf die Bucht zu, wo der Hafen und das Postamt war, aber es brauchte nur einen kleinen Richtungswechsel und sie würden ins offene Meer treiben.

Und dann sind wir wirklich komplett am Arsch.

Er sah über das Deck in Richtung der Ladeluke, die krumm und verbogen war und sperrangelweit offenstand. Es hatte sich dort ein schwarzes Loch aufgetan, in das er lieber nicht hineinsehen wollte.

Aber irgendjemand muss es tun, und zwar bald.

Er ging zurück zum Rest des Teams. In ihren Augen sah er dieselbe Sorge, die in seinen zu sehen sein musste.

Wir müssen etwas tun, und zwar schnell, bevor sie zu lange darüber nachdenken können.

»Sarge, McCally, passt auf den verdammten Laderaum auf. Ich muss sofort einen Luftschlag gegen das Boot anfordern.«

Svetlanova meldete sich als Erste zu Wort.

»Nicht auf das Boot, auf den Bohrturm. Denn da unten am Meeresgrund kommen die Viecher immer noch durch das Loch, das wir gebohrt haben. Die kommen da immer weiter durch, bis der Spalt geschlossen wird. Da sitzen die richtig großen Dinger.«

»Die sollen einfach dableiben«, meinte McCally. »Ich will endlich von diesem Scheiß Schiff runter.«

»Das können wir nicht«, sagte Svetlanova. »Denn die krabbeln in riesigen Schwärmen auf dem Meeresgrund herum. Versteht ihr das nicht? Wie glaubt ihr, sind diejenigen ans Ufer gekommen, auf die ihr als Erstes gestoßen seid?« Sie wandte sich an Banks. »Wenn Sie einen Luftschlag anfordern, dann einen richtig großen, und zwar genau auf den Bohrturm oder was davon auf dem Meeresboden noch übrig ist.«

»Hört auf das Mädel«, sagte Mac schwach. »Sie weiß, wovon sie redet.«

Banks nickte. Er hatte sowieso schon eine Entscheidung getroffen.

»Wie gesagt; habt ein Auge auf den Laderaum, Männer. Ich fordere den Luftschlag an.«

Er holte das Telefon aus der Tasche und gab den Code ein.

»Pick-up katastrophal fehlgeschlagen«, sagte er. »Brauchen einen Flächenbrand an dieser Position. So schnell wie möglich.«

»Wie groß?«

»Alles, was ihr habt«, sagte Banks.

»So schlimm?«

»Schlimmer geht's nicht.«

»Wird gemacht«, erwiderte die Stimme am anderen Ende. »Flächenbrand in einer Stunde ab jetzt. Viel Glück.«

Banks sah das Team an.

»Habt ihr gehört? Luftschlag ist auf dem Weg.«

»Und wie kommen wir von diesem Schiff runter?«, fragte McCally, als Banks das Telefon wegsteckte. Er hatte immer noch die Waffe auf den Laderaum gerichtet, aber zum Glück war bisher keine Bewegung in der Dunkelheit auszumachen.

»Das können wir nicht. Noch nicht zumindest«, antwortete Banks. »Wenn das Boot auf Land trifft, müssen wir zuerst diese verdammten Isopoden beseitigen. Wenn wir Glück haben, sind sie alle abgehauen und dem großen hinterher, als es den Helikopter angegriffen hat. Aber wir müssen uns wohl leider selbst davon überzeugen.«

»Wir haben eine Stunde Zeit.«

»Viel Glück, Cap«, sagte Mac. »Ich werde wohl nicht im Dunkeln rumrennen können. Ich bin am Ende.«

Er konnte sich an Svetlanovas Seite kaum noch aufrecht halten und seine Beine gaben einfach nach. Hynd war eine Sekunde später bei ihm und der Sarge und die Russin schafften es gemeinsam, Mac wieder dorthin zu bringen, wo er vorher gesessen hatte. Am Fuße der Treppe hinter der Tür, die an Deck führte.

Er sah hoch und brachte ein schwaches Lächeln zustande.

»Ich glaube, ich werde mich hier einfach eine Weile hinsetzen. Mal sehen, was passiert.«

»Ich bleibe bei ihm«, bot Hynd an.

»Nein«, erwiderte Banks und fühlte sich wie ein Arschloch, aber er wusste, er musste jetzt eine Ansage machen. »Ich brauche dich und McCally bei mir, wenn wir dieses Ungeziefer hier rauskriegen wollen.«

»Dann bleibe ich bei ihm«, sagte Svetlanova.

Banks musste die Frau in der Nähe haben, denn sie war nun ihre Mission oder zumindest alles, was davon noch übrig war. Aber er konnte Mac auch nicht allein zum Sterben hier zurücklassen. Nicht, nachdem er Nolan schon dem gleichen Schicksal überlassen hatte.

»Okay, aber behalten Sie die Waffe«, sagte er zu Svetlanova. »Und stoßen Sie zu uns, sobald Sie können.«

Er wandte sich an Mac.

»Hab ein Auge auf sie, Großer. Wie du schon gesagt hast, sie ist potenzielles Ehefrauenmaterial.«

»Aye«, sagte Mac. »Meine Ma wird sich so freuen, sie kennenzulernen.« Banks wollte sich schon umdrehen, als er hinzufügte: »Cap ... erledige diese Wichser. Mach sie alle platt.«

Banks ließ McCally und Hynd noch ein paar letzte Worte mit Mac wechseln. Er ging in der Zeit ein Stück den Korridor entlang und betrachtete den toten Isopoden, der beinahe die gesamte Breite des Flurs einnahm. Er hatte stinkenden, grünen Schleim auf den Boden getropft und Banks vermied es, hineinzutreten. Als er sich an die Schüsse erinnerte, die das Biest getötet hatten, fiel ihm plötzlich noch etwas anderes ein. Er hatte eine todsichere Methode herauszufinden, ob noch weitere von den Viechern an Bord waren. Er musste einfach nur das Telefon anschalten, denn dann kämen sie angerannt.

Ein Plan nahm daraufhin langsam in seinem Kopf Gestalt an, doch er war sich nicht sicher, ob er ihm gefiel.

Wir brauchen mehr Feuerkraft.

20

Svetlanova sah den drei Männern, als sie weggingen, solange hinterher, bis sie im Halbdunkel des Korridors verschwunden waren. Sie konnte jetzt nicht mehr ganz so weit sehen wie vorher, aber das lag nicht an den Wolken.

Es wird schon wieder dunkel.

Mac versuchte eine Zigarette aus der Schachtel zu kriegen, aber selbst das war für ihn zu anstrengend geworden. Grüne Spuckeflecken benetzten seine Lippen und die Augen waren mittlerweile milchig-trübe mit einem Hauch Grün.

»Bist du noch da, Kleine?«, sagte er leise. »Es wird schrecklich dunkel hier drin.«

»Ich bin hier, Mac«, antwortete sie und nahm seine unverletzte Hand mit beiden Händen. Sie fühlte sich so unfassbar kalt an – die Hand eines Toten.

»Es tut mir so leid, dass du mich so sehen musst«, sagte er. »Ich will nicht, dass du dir einen Kopf machst, wenn ich tot bin. Das ist nun mal das Leben, das ich gewählt habe. Es lief eigentlich immer darauf hinaus, dass es auf einem verlassenen Schiff, auf einer Straße in der Wüste oder in einem leeren Kraftwerk enden wird. Auf jeden Fall irgendwo, wo ich nichts zu suchen habe. So war es eigentlich immer, du kannst meine Ma fragen, wenn du sie siehst.«

»Das werde ich«, sagte sie und meinte es auch so. »Ich verspreche es.«

Sie zündete zwei Zigaretten für sie an und steckte eine behutsam zwischen seine Lippen, wo er mühsam daran zog.

»Das ist die letzte«, sage er. »Das wird meine Ma freuen.«

Sie rauchten schweigend weiter. Mac, weil er seine Zigarette genoss und Svetlanova, weil sie keine Ahnung hatte, was sie zu ihm sagen konnte, um ihm bei dem zu helfen, was ihm bevorstand. Mac rauchte seine Zigarette bis zum Filter und spuckte sie dann aus. Svetlanova trat sie mit dem Absatz aus.

»Das war's dann, Mädel«, sagte er. »Zeit abzutreten.«

Er entzog sich ihrem Griff und streckte den Arm aus, dann fummelte er blindlings nach der Waffe.

»Nein!«, rief Svetlanova und schlug seine Hand von der Waffe weg.

»Doch«, entgegnete er leise und griff wieder nach dem Gewehr. »Ich hab es dir schon gesagt, ich will nicht wie Nolan enden. Ich bin ein Soldat. Lass mich auch wie einer sterben.«

Sie half ihm daraufhin, an das Gewehr heranzukommen, und gab es ihm in die Hand, doch er konnte es nicht festhalten, da sämtliche Stärke seinen Körper verlassen hatte.

»Ich brauche hier mal ein wenig Hilfe, Mädel«, sagte er stöhnend. Er hustete, und wässrige, grüne Flüssigkeit mit Blut vermischt lief ihm über das Kinn. »Schnell jetzt. Es wird langsam wirklich finster hier.«

Sie half ihm, die Waffe unter das Kinn zu setzen.

»Sag meiner Ma, dass ich sie immer geliebt habe, und gib ihr einen Kuss von mir.«

Sie hatten beide den Finger am Abzug, aber Svetlanova war diejenige, die ihn durchzog und zwei Kugeln in Macs Kopf jagte. Er sackte zur Seite und hinterließ einen Fleck an der Wand, wo er sich angelehnt hatte.

Er war größtenteils grün.

Svetlanova stand hastig auf, die Tränen nahmen ihr fast die Sicht. Sie ergriff ein Gewehr und ging. Es war ihr egal wohin, sie wollte nur so viel Entfernung wie möglich zwischen sich und die Leiche ihres toten Freundes bringen.

21

Zwei schnell aufeinanderfolgende Schüsse ertönten, als sich Banks, McCally und Hynd dem Heck näherten. Alle drei blieben stehen und lauschten. Wenn noch mehr geschossen wurde, dann bedeutete das, ein Feuergefecht war ausgebrochen und sie mussten dem Schützen zur Hilfe eilen, wer immer es auch war. Aber es wurde wieder still.

»Mac?«, fragte McCally leise.

Hynd nickte. »Ich glaube, ja.«

»Verflucht.«

Banks sah die anderen an.

»Dass mir niemand sonst mehr stirbt. Ist das klar? Wir marschieren hier alle lebend raus. So viel schulden wir ihnen.«

»Verstanden, Cap«, sagte Hynd. »Aber wir haben nicht gerade eine Glückssträhne. Der Luftschlag ist im

Anrollen und wir treiben immer noch wie eine tote Ente im Wasser. Haben wir einen Plan?«

»Ich arbeite daran«, erwiderte Banks. Er tippte auf das Telefon. »Wir können diese Wichser jederzeit hiermit anlocken, wenn wir wollen, aber wir haben zu dritt nicht genug Feuerkraft, um einen ganzen Schwarm aufhalten zu können. Wir brauchen mehr Bumms für unser Geld.«

»Na ja, wenn wir nicht gerade Treibstoff verlieren – und ich habe kein Anzeichen dafür gesehen, als wir an Bord gegangen sind – dann hat ein Boot dieser Größe jede Menge Diesel an Bord«, meinte McCally.

»Aye, und das ist irgendwo in dem eiskalten, überfluteten Maschinenraum«, entgegnete Banks. »Ich habe schon darüber nachgedacht. Aber in ihrem Bericht hatte Svetlanova erwähnt, dass sie auch Kerosin an Bord haben, und zwar jede Menge davon. Hat das einer von euch gesehen?«

Die beiden anderen schüttelten den Kopf.

»Aber wir waren ja noch längst nicht überall auf dem Schiff.«

»Aye«, meinte Banks. »Wir haben aber leider nicht genug Zeit, um zu suchen. Also machen wir uns am besten direkt an die Arbeit. Ab jetzt doppelte Anstrengungen. Falls wir nicht weit genug treiben, dann wird uns der Luftschlag zusammen mit allem anderen in einem weiten Bereich auslöschen, also macht euch mal lieber noch keine Sorgen.«

Sie suchten vom Heck in Richtung Bug und bewegten sich dann schnell über das Schiff. Sie fanden allerdings kein Kerosin und auch sonst nichts Nützliches in den Mannschaftsquartieren und im Werkzeugraum der Maschinisten, in dem sie schon gesucht hatten. Das Blatt wendete sich allerdings bei den Rettungsbooten, wo Hynd eine kleine Box mit sechs Notfallfackeln fand, die er aus der Kiste nahm und an seinem Gürtel verstaute, während sie weitergingen und schnell den Rest der Decks durchquerten.

Sie hatten immer noch kein Kerosin gefunden, aber sie stießen auf Svetlanova, die in der offenen Tür der großen Vorratskammer stand und Kekse aß. Die Tränen rannen ihr noch immer die Wangen hinab.

»Ist Mac tot?«, fragte McCally.

Svetlanova nickte nur, während ihr die Tränen weiter übers Gesicht flossen.

»Waren Sie bis zum Schluss bei ihm?«, fragte Banks.

Sie nickte wieder, sagte aber immer noch nichts, sie aß nur mechanisch weiter. Er drückte sich an ihr vorbei in die Speisekammer und sah etwas, woran er schon früher hätte denken sollen. Er trat gegen eine Reihe von etwa einem Dutzend Zehnliterkanistern auf dem Boden.

»Es gibt vielleicht kein Kerosin«, sagte er laut, »aber es gibt jede Menge Bratöl. Genug, um diesen Job zu erledigen. Jetzt brauchen wir nur noch eine taktische Position.«

»Wir haben in dem Laderaum gar nicht nach den Viechern gesehen, Cap«, meinte McCally.

»Aye. Das war Absicht. Falls die Drecksviecher tatsächlich da drin sind, wollte ich sie nicht aufscheuchen, bevor wir für den Kampf gerüstet sind. Du hast ja gesehen, wie die da rausgestürmt sind, als der Helikopter kam. Wir könnten versuchen, sie auf dem Vorderdeck zu erledigen, auch wenn wir dort keine Deckung haben, wenn es viele sind. Oder wir beziehen weiter oben Stellung, auf dem Dach des Deckaufbaus. Ich schwanke gerade zwischen den beiden.«

»Wenn ich mit abstimmen darf, würde ich vorschlagen, weiter oben«, meinte Hynd. »Denn wenn da immer noch ein paar von den größeren Viechern sind, will ich sie kommen sehen.«

»Ich bin derselben Meinung, wie der Sarge«, meldete sich McCally zu Wort.

Svetlanova sagte immer noch nichts. Sie hatte Nolans Gewehr über die Schulter geschlungen und Banks überlegte, ob er es ihr abnehmen sollte, aber er beschloss, es ihr zu lassen. Sie stand momentan zwar eindeutig unter Schock, aber sie hatte auch schon bewiesen, dass sie sich behaupten konnte, wenn es hart auf hart kam – das hoffte er zumindest, denn sie würden sie sicher mit einer Waffe in der Hand brauchen, bevor das alles vorbei war.

»Dann auf das Oberdeck«, sagte er. »Sarge, du nimmst Svetlanova und die Hälfte des Öls mit. Tragt es ganz nach oben. McCally, du kommst mit mir und wir nehmen den Rest.«

Sie brauchten drei Runden, um die sechs Kanister Öl auf das Oberdeck schaffen zu können. Bei der zweiten Runde hatte Banks kurz nach oben gesehen und Hynd hatte ihm ein Okay-Zeichen vom Oberdeck aus gegeben. Es wurde mittlerweile dunkel und die letzten Sonnenstrahlen tauchten das Meer und den Horizont im Westen in rotes Licht. Sie trieben mit dem Wind langsam südwärts und die dunkle Landmasse war jetzt direkt vor ihnen. Zwar noch immer einige Hundert Meter entfernt, aber sie kam näher. Banks versuchte die Entfernung einzuschätzen, die sie bereits zurückgelegt hatten und wie viel noch vor ihnen lag, wenn sie dem Luftschlag entkommen wollten, der im Anflug war.

Er sah, wie McCally zuerst einen Blick in Richtung Insel warf und dann zu ihm.

»Das wird verdammt knapp werden, oder nicht, Cap?«

Banks nickte.

»Wenn sich die Gezeiten gegen uns wenden, dann wird es nicht gut ausgehen. Vergießen wir dieses Öl. Wir haben schließlich was zu tun.«

Sie schütteten Öl aus, bis alle sechs Kanister leer waren, und konzentrierten sich dabei besonders auf den Bereich zwischen der offenen Luke des Laderaums und dem Deckaufbau. Die Schieflage des Schiffes sorgte dafür, dass das Öl wegfloss, aber es lief zum Glück größtenteils auf den offenen Laderaum zu, also war es Banks egal, dass es sich verteilte. Mit dem letzten Kanister wagte er sich nahe an die dunkle Öffnung heran. Er riskierte einen schnellen Blick nach unten. Es war fast schwarz dort, aber er konnte hören, wie die Tiere herumkrabbelten und erkannte vage, dass sich etwas bewegte, das in blaues Leuchten getaucht.

Ich kann euch sehen, ihr kleinen Mistviecher.

Er sah allerdings keine Spur von etwas, das größer war als ein Hund.

Aber das heißt nicht, dass es nichts Größeres gibt. Es ist schließlich ein riesiger Laderaum.

Er sah jetzt wieder nach oben, wo McCally gerade das letzte Öl ausleerte, nahe der Stelle, wo das Deck auf den Aufbau traf, und reckte den Daumen in die Höhe.

Es war fast Showtime. Er musste sich nur noch um eine letzte Sache kümmern. Er führte McCally zum Heck und gemeinsam bereiteten sie eines der Rettungsboote vor, damit man es schnell aus seiner Halterung holen konnte.

»Das verdammte Ding hat aber ein Loch, Cap«, sagte McCally.

»Aye, Kumpel. Ich bin ja nicht blind. Aber wenn ich richtig liege, dann muss es uns ja nicht besonders weit bringen und es ist vielleicht unsere einzige Möglichkeit, hier in einem Stück rauszukommen.«

Und jetzt ist Showtime.

22

»Bist du okay?«, fragte Hynd Svetlanova, als sie zusammen die letzten zwei Kanister mit Bratöl aus dem Vorratsraum auf das Oberdeck brachten. Ihre Arme schmerzten bereits von den beiden vorherigen Touren, sie war hundemüde und hätte sich am liebsten einfach hingelegt und geschlafen. Aber danach hatte sie der Sergeant nicht gefragt.

»Ich werd's überleben«, antwortete sie, doch dann wurde ihr in ihrer Erschöpfung klar, dass sie gerade Russisch gesprochen hatte, also wiederholte sie es auf Englisch. »Ich werd's überleben. Dass sie so schnell gestorben sind, das werde ich lange Zeit nicht vergessen können.«

Hynd wuchtete seine beiden Ölkanister auf das Oberdeck und kam dann wieder nach unten, um ihre zu nehmen.

»Wir werden uns an sie erinnern«, sagte er. »In unseren Gedanken, in unseren Geschichten, in unseren Träumen und in den dunklen Nächten, wenn wir nicht schlafen können.«

»Also sind wir so etwas wie eine Bibliothek für sie, so wie sie es für uns waren? Ist es das?«

»Aye, Mädel. Du hast offenbar lange genug mit Mac geredet, um das zu verstehen. Das hätte ihm gefallen.«

Er trug die Kanister nach oben und kam dann wieder, um ihr die Hand hinzuhalten, und ihr die paar Stufen zum Oberdeck hinaufzuhelfen.

Es war mittlerweile fast vollkommen dunkel, nur der letzte Glanz des Sonnenlichts war weit im Westen zu sehen. Die Mondsichel erhob sich im Osten und der Himmel war von Norden her aufgeklart. Eine Decke aus Sternen nahm jetzt über ihnen Gestalt an.

Nächte wie diese hatte sie immer geliebt und sie hatte stundenlang auf dem Deck gestanden und den Himmel bewundert, bis die Kälte sie schließlich hineingezwungen hatte, wo sie dann ein wenig mit der Küchencrew herumgestanden und geplaudert hatte. Später hatte sie Wodka getrunken und mit dem Kapitän Schach gespielt.

Das ist alles vorbei und kehrt nie mehr zurück.

Jetzt fühlte sich das Boot so tot an, wie die Leere in ihrem Herzen. Sie zog die Jacke fester um sich und stülpte sich wegen der Kälte auch die Kapuze über. Sie hatte dicke, mit Pelz gefütterte Handschuhe in den

Taschen, aber sie ließ die Hände fürs Erste lieber unbedeckt; das Metall der Waffe fühlte sich eiskalt unter ihren Fingern an, aber sie würde den Abzug nicht ziehen können, wenn sie Handschuhe anhatte.

Und ich hab das Gefühl, dass die Schießerei gleich losgeht.

Sie sah sich nervös um.

Das Boot war pfeilgerade auf die Insel vor ihnen ausgerichtet und den Wind hatten sie immer noch im Rücken, wenn er auch längst nicht mehr so kräftig war, wie vor einer Stunde. Dennoch schienen sie dem Land nicht näherzukommen und das Schiff fühlte sich schwer und träge an, ohne das übliche gemächliche Stampfen. Es schlingerte jetzt mehr, so wie ein Hund, der verzweifelt im Wasser paddelte und sich abmühte, um nicht unterzugehen, und weniger wie der geschmeidige Armzug eines geübten Schwimmers.

Captain Banks und McCally kletterten ein paar Minuten später durch die Luke.

»Geht sicher, dass ihr volle Magazine habt«, sagte Banks. »Das Ganze wird schnell und heftig werden. Wenn ihr nachladen müsst, dann stellt euch hinter die anderen und lasst euch von ihnen Deckung geben.«

Er versuchte ihr zu helfen, und sie nickte, um ihm zu signalisieren, dass sie verstanden hatte. Sie musste McCally allerdings zuerst um ein Ersatzmagazin bitten.

»Wie sieht es mit der Munition aus, Sarge?«, fragte Banks.

Sie überprüften es. Sowohl der Sarge als auch Banks hatten jeder noch drei Magazine. McCally hatte zwei und Svetlanova hatte das neue, das man ihr gerade gegeben hatte und sechs Schuss in dem übrig, das sie gerade austauschte.

»So viel dazu«, sage der Sarge, als sie fertig waren. »Diese Fackeln sind vom Rettungsboot und da sind noch ein paar Flaschen Öl. Ist insgesamt nicht viel.«

»Das wird aber reichen müssen. Es ist alles, was wir haben. Wenn ich sage: *Rennt*, dann rennt ihr, und zwar alle. Keiner spielt hier den Helden. Entweder die Treppe runter oder durch die Luke. Nehmt die kürzeste Route und wir treffen uns danach am Rettungsboot an der Backbordseite. Die Schellen sind schon gelöst, damit wir es schnell ins Wasser kriegen. Denkt daran, es soll niemand mehr hier sterben.«

Banks holte das Satellitentelefon heraus und schaltete es an.

Unten im Laderaum bewegte sich weiterhin das blaue Leuchten.

23

Die kleinen Isopoden kamen zuerst heraus, sie krabbelten über den Rand des Laderaums, es waren Unmengen, und alle verfolgten nur ein einziges Ziel – sie machten sich in Richtung des Deckaufbaus auf den Weg.

»Nicht schießen«, sagte Banks. Er ließ das Telefon, das immer noch eingeschaltet war, in seine Innentasche fallen. »Wir wollen so viele von den Biestern wie möglich hier oben haben, wo wir sie sehen können.«

Die Isopoden in Hundegröße strömten jetzt aus dem Laderaum und auf das Vorderdeck. Hynd und McCally schlossen sich Banks an und positionierten sich zu seiner Linken. Svetlanova trat rechts neben ihn, sodass sie alle vier in einer Reihe standen und nach unten auf das Schiff sehen konnten. Banks wurde bewusst, dass sie Svetlanova gar kein Nachtsichtgerät gegeben hatten, aber das war eigentlich egal, denn die blaue Lumineszenz, die von den Isopoden ausging, verlieh der ganzen Szenerie ein gruseliges Leuchten, das mehr als hell genug war, um etwas sehen zu können.

Das einzige Geräusch war das Klick-Klack der Klauen auf dem Deck, als die Isopoden auf sie zukamen. Banks steckte die Ohrstöpsel tief in beide Ohren und sah, dass Svetlanova eine Mullbinde zerrissen hatte und sie als provisorische Ohrstöpsel verwendete. Sie war fertig und gab ihm das Okay-Zeichen. Ihm fiel auf, dass er nichts über die Vergangenheit der Frau wusste, aber er wäre nicht überrascht, wenn sie eine militärische Ausbildung hatte. Sie wirkte genauso zuversichtlich, wie die meisten Männer mit denen er gedient hatte und um einiges selbstsicherer als ein paar davon. Er wusste, dass er beim bevorstehenden Feuergefecht nicht auf sie aufpassen musste.

Umso besser. Ich glaube nämlich, wir werden genug zu tun haben.

Die ersten der kleineren Isopoden hatten den Deckaufbau nun erreicht und kletterten nach oben. Banks nahm einen der Ölkanister zur Hand.

»Jeder einen. Schüttet es über sie, und zwar schnell.«

Sie befolgten seinen Befehl und schütteten einen Schwall Öl über die Seite und auf den sich nähernden Schwarm. Es machte die Tiere nicht langsamer, auch wenn der blaue Schimmer am Fuße des Deckaufbaus nun ein regenbogenfarbiges Schillern bekam, das unter anderen Umständen fast schön gewirkt hätte.

»Sarge, gib mir mal zwei der Fackeln. Halt deine aber fest, bis ich was anderes sage.«

Hynd befolgte rasch den Befehl und dann reihten sich alle vier auf, die Waffen erhoben, und sahen zu, wie die ausschwärmenden Biester die Seite des Deckhauses hochkletterten. Sie hatten damit offensichtlich Mühe, denn das Öl hatte die Oberfläche glitschig gemacht und sie rutschten fast genauso schnell wieder nach unten, wie sie hinaufkletterten. Aber sie bildeten schnell einen Haufen und die schiere Anzahl und der Druck von unten sorgten dafür, dass sie langsam immer höher kamen. Diejenigen, die ihnen am nächsten waren, hatten schon die Hälfte geschafft.

»Cap?«, fragte McCally.

»Noch nicht«, entgegnete Banks leise.

Die Spitze des Schwarms war jetzt fast Zweidrittel der Strecke nach oben geklettert, als Banks endlich sah, worauf er gewartet hatte: Zwei der größeren Isopoden, so riesig, wie ein Pick-up-Truck, kletterten aus dem dunklen

Laderaum hervor und steuerten auf den Deckaufbau zu. Er wartete, ob noch mehr von ihnen erschienen, aber es waren die letzten der Viecher, die aus der Dunkelheit krochen.

Ich kann nur hoffen, dass es wirklich alle sind.

»Feuern nach Belieben«, rief er und die Nachtluft erfüllte sich mit dem Dröhnen des Gewehrfeuers.

Zuerst schossen sie auf den Schwarm kleinerer Isopoden auf dem Deckaufbau und die vorderen Reihen wurde nach hinten auf die anderen geworfen, die daraufhin in einen Fressrausch gerieten, wodurch noch mehr von ihnen zu leichten Zielen wurden. Aber es gab andere, die immer noch weiterkletterten, und sie waren schnell.

Die Kugeln schienen ihnen allerdings nur wenig auszumachen. Wenn man nicht genau den Kopf traf, stoppte sie ein Treffer kaum. Trotz des Kugelhagels kamen die Biester immer höher.

Banks erstes Magazin war schon fast leer. Statt einen Schritt nach hinten zu machen, um nachzuladen, schrie er: »Feuer frei«, und zog den Zünder an einer der Fackeln und warf sie über die Seite, bevor sie sich vor seiner Nase entzündete.

Ein orangefarbenes Leuchten erhellte nun das gesamte Vorderdeck und dann traf die Fackel die Isopoden. Der Schwarm rund um das Deckhaus entzündete sich mit einem lauten *Wusch* und wurde zu einer sengenden Feuerwand, die fast die vier Verteidiger auf dem Oberdeck erreichte und sie zwang, einen Schritt zurückzutreten und sich von der Hitze abzuwenden.

Banks knallte ein neues Magazin in seine Waffe, zählte bis zehn, und sah währenddessen dabei zu, wie das orangefarbene Leuchten langsam verblasste. Dann trat er wieder ans Geländer. Die anderen drei schlossen sich ihm an und erneut feuerten sie Salve um Salve in den mittlerweile deutlich geschrumpften Schwarm. Einige Tiere brannten, versuchten aber dennoch weiter hinaufzuklettern.

Die beiden großen Isopoden hatten sich bisher zurückgehalten, aber nun kamen auch sie näher an die Basis des Deckaufbaus … genau wie Banks gehofft hatte … davon angezogen, dass sie sich an den Toten laben konnten.

Er hörte jetzt auf zu schießen und schüttete die letzten zwei Ölkanister über die Seite in die Tiefe. Die Flüssigkeit traf die Isopoden und sie begannen sofort zu brennen, es erwischte nun auch die beiden größeren und sie krabbelten hastig zurück. Er zündete daraufhin die zweite Fackel an und warf sie über die Isopoden hinweg auf das ölgetränkte Deck dahinter.

»Zeit abzuhauen«, rief er, als die Fackel wie eine Minisonne brannte und sich das gesamte Vorderdeck in ein Flammenmeer verwandelte. Die Isopoden zappelten wild in den Flammen.

24

Svetlanova erreichte als Erste die Treppe und stieg nach unten. Ein höllisches orangefarbenes Glühen erhellte die Stufen, und die kalte Nachtluft wurde immer wieder durch die glühende Hitze vertrieben, die in Wellen auf sie einströmte. Sie schwenkte die Lampe des Gewehrs hin und her und überprüfte die dunklen Schatten in den Ecken, bereit, bei der kleinsten Bewegung zu schießen.

Doch es erfolgte keine und sie erreichten das Hinterdeck, ohne dass etwas auf sie zugekommen war. McCally kam als Nächster neben ihr nach unten und sie machten sich schnell auf den Weg zum Rettungsboot auf der Backbordseite. Svetlanova ging auf die Winde zu, mit der man es hinablassen konnte.

»Ich mach das schon«, sagte McCally. »Du überprüfst in der Zeit das Boot. Steig ein, wenn alles in Ordnung ist, denn wir sollten schnellstmöglich von hier verschwinden.«

Hynd kam als Nächster und Svetlanova zog mithilfe des Sergeants die Baumwollplane vom Boot, während McCally ihnen Deckung gab. Der Boden des Rettungsbootes war leer, aber man konnte deutlich die Löcher im Rumpf sehen. Hynd knüllte die Baumwollplane zusammen und hielt sie über das Loch, doch sie war eindeutig nicht groß genug, um das Leck damit zu stopfen.

»Die Jacken!«, rief er und alle drei zogen die Kleidungsstücke hastig aus. Hynd knüllte sie mit der Baumwollplane zusammen und formte auf diese Weise einen festen Ball, den er mit dem Fuß heftig in das Loch trat.

»Das wird aber nicht lange halten«, meinte er.

Banks stieß jetzt ebenfalls zu ihnen und schloss sich McCally neben dem Boot an.

»Das muss es auch nicht. Mach den Außenborder an, wenn du kannst. Wenn nicht, dann müssen wir beide eben rudern. Svetlanova, Sie passen auf die Abdichtung im Loch auf. Schauen Sie, ob Sie etwas finden, womit man Wasser schöpfen kann. Ich hab das Gefühl, das werden wir brauchen.«

Svetlanova kramte in dem beengten Stauraum vorn im Boot herum und fand einen Mopp und einen kleinen Eimer, aber sonst nichts Nützliches. Der Eimer würde genügen müssen. Sie hörte das Dröhnen und spürte die Vibration, als der Außenborder startete.

»Runter damit«, schrie Banks.

Einer der Isopoden schoss jetzt die Treppe des Deckaufbaus nach unten, während die Flammen hinter ihm herzüngelten. McCally und Banks zögerten nicht, sie feuerten die Magazine leer, doch dann mussten sie springen, denn das Rettungsboot schaukelte schon an der Halterung nach außen. Der Isopode griff mit Gliedmaßen, die aussahen wie Arme aus Feuer, nach ihnen.

Die beiden Männer knallten heftig ins Boot, aber Svetlanova und Hynd waren aufgestanden, hatten gezielt und feuerten eine weitere Salve auf das Biest ab. Es hing noch einen langen Moment über der Seite des Decks, doch dann stürzte es nach vorn und traf eine Sekunde nach dem Boot auf dem Wasser auf. Es sank, begleitet von dem Zischen der verlöschenden Flammen, und war dann ganz verschwunden, als der Motor sich durch das Wasser pflügte und sie einen Satz nach vorne machten.

Der provisorische Stöpsel, den Hynd in das Loch gestopft hatte, war fast sofort locker geworden und Wasser strömte am Rand des Loches ins Boot. Svetlanova hatte noch kurz Zeit, einen Blick auf die dunklen Schatten zu werfen, die den Hafen in Dunkelheit hüllten, dann musste sie auch schon den Eimer benutzen.

Hynd war neben ihr und verwendete den Mopp, um den Stöpsel ins Loch zu pressen. Es half zwar, aber nicht besonders viel. Beim Schöpfen bemerkte sie einen dicken, öligen Glanz auf dem Wasser, sie roch daran, als sie einen Eimer aus dem Boot schüttete: Es war Diesel.

Der Boden des Rettungsbootes füllte sich schneller … viel schneller, als sie schöpfen konnte.

25

Banks hatte derweil mit dem Ruder zu kämpfen und versuchte das Rettungsboot auf geradem Wege auf den Hafen zuzusteuern. Das kleine Wasserfahrzeug schaukelte heftig und der Außenbordpropeller traf immer wieder auf einen Klumpen Schneematsch oder Eis und das ganze Boot schlingerte und erzitterte. Der Bug klatschte auf die hohen Wellen, die durch den Sturm noch immer aufgewühlt wurden. McCally stand neben ihm und sah auf das Schiff, das sie gerade verlassen hatten.

»Die Feuer sind aus, Cap. Ich kann keines von den Viechern mehr sehen.«

»Dann können wir uns ja wenigstens über etwas freuen.«

Vor ihm versuchten Svetlanova und Hynd den Wassereinbruch im Rettungsboot auf ein Minimum zu begrenzen, aber Banks wusste genau, dass sie auf verlorenem

Posten kämpften. Das frostige Wasser sammelte sich bereits um seine Füße und er spürte, wie ihm die eisige Kälte in die Stiefel kroch. Er setzte die Nachtsichtbrille auf und sah über die Köpfe der beiden Wasserschöpfer hinweg auf die Küste dahinter. Sie kamen definitiv näher, doch das Frachtschiff hinter ihnen hielt genau auf ihr Heck zu. Es war ein schmerzhaft langsames Wettrennen zu dem kleinen Anlegesteg des Hafens.

Das Wasser wurde noch unruhiger, je näher sie der Küste kamen. Weißschäumende Wellen donnerten auf den Kiesstrand vor ihnen. Er konnte es selbst über den Lärm des Außenborders hinweghören. Das Ruder bockte in seiner Hand und drohte sich aus seiner Umklammerung loszureißen. Der Kampf gegen den Wassereinbruch lief ebenfalls alles andere als gut und der eisige Schneematsch schwappte mittlerweile fast bis zu Banks' Knöcheln hoch. Das Gewicht des Wassers auf dem Boden des Rettungsbootes half zwar ein wenig, es zu stabilisieren, aber das wurde durch die Tatsache wieder zunichtegemacht, dass sie definitiv sanken. Banks drehte den Motor jetzt voll auf, hielt direkt auf die felsige Küste zu und betete.

Sie liefen etwa fünf Meter vom Strand entfernt auf Grund und das Boot wurde kräftig durchgerüttelt. Der Außenborder riss ab und sie wären fast gekentert. Eine Welle erwischte sie und drückte sie einen Meter weiter, drohte sie dann aber wieder hinauszuziehen, als sie abebbte.

»Alle an Land«, schrie Banks, sprang aus dem Boot und watete durch das hüfttiefe Wasser der frostig kalten See, das seine Eier sofort schrumpfen ließ und die Beine in Stein verwandelte, die er nun zu jedem Zentimeter Bewegung in Richtung trockenes Ufer zwingen musste. Eine weitere Welle traf ihn, warf ihn fast um und die Rückströmung zerrte heftig an ihm. Bis er sich gegen die Strömung, die den Kies unter seinen Füßen hin und her zerrte, die flache Steigung hochgekämpft hatte, fühlte er sich, als wäre er fünf Meilen in voller Ausrüstung gejoggt.

Die anderen drei hievten sich ebenfalls aus dem Wasser und stießen zu ihm. Sie alle sahen so durchweicht und erschöpft aus, wie er sich fühlte, aber er wusste, sie konnten es sich nicht leisten, stehenzubleiben, denn dann wären sie alle innerhalb weniger Minuten tot.

»Weiter, nicht anhalten«, rief er. »Wir brauchen einen Unterschlupf und müssen uns irgendwie aufwärmen. Los, im Laufschritt zu dem Haus da drüben mit der großen Garage.«

Er drehte sich um und wollte gerade losrennen, doch McCally rief etwas hinter ihm.

»Wir haben ein Problem, Cap.«

Erneut sah er nach hinten. Der riesige, schwarze Kiel des Frachtschiffes türmte sich jetzt vor dem Strand auf. Der Riss auf Höhe der Wasserlinie war deutlich sichtbar und wurde durch ein blaues Leuchten erhellt. Das Blau breitete sich schnell in das umgebende Wasser aus. Anstatt die Biester zu töten, hatten sie diese anscheinend nur erfolgreich aufgescheucht und wütend gemacht.

»Schnell vom Strand weg«, rief Banks. »Vielleicht haben sie ja gar kein Interesse an uns.«

Sie zogen sich zurück, kämpften sich über den losen Kies und kletterten den kleinen Anstieg auf die Küstenstraße hoch, dann eilten sie schnell an den ausgebrannten Überresten des Hafens vorbei.

Banks riskierte einen kurzen Blick über die Schulter, als sie die Einfahrt des großen Hauses erreicht hatten. Die Biester schwärmten bereits aus dem Kiel heraus ins Wasser. Auf dem Deck des Frachtschiffes, das nun den kleinen Hafen überragte, sah man deutlich einen neuen blauen Lichtschein, der anschwoll und immer stärker wurde. Etwas kam offenbar gerade aus dem Laderaum. Größer als alles, was sie bisher gesehen hatten. Ein Isopode, der so gewaltig war, dass sein Kopf bis zum obersten Stockwerk des Deckaufbaus reichte. Er schimmerte am ganzen Körper blau und kleinere, leuchtenden Objekte fielen in Trauben von ihm ab. Sie krabbelten und wuselten überall auf dem Deck herum, wo sie landeten.

Das Vieh kriegt anscheinend gerade Junge.

»Sie kommen immer noch auf uns zu, Cap«, sagte McCally alarmiert.

Eine Horde von Isopoden wurde von Deck ins Wasser gespült und füllte das Hafenbecken. Sie bildeten förmlich einen blauen Teppich und krabbelten wild übereinander, während sie versuchten, sie so schnell wie möglich zu erreichen.

»Scheiße«, murmelte Banks. »Das Telefon! Ich hab vergessen, das verdammte Telefon auszuschalten.«

26

Svetlanova hörte den Captain wütend murmeln und sah ihn hektisch an der Jacke herumfummeln. Doch seine Hände waren zu klamm, um die Innentasche zu erreichen.

Sie erinnerte sich nun wieder an das Feuer, und daran, wie der Kapitän des Schiffes das Kerosin den Bohrturm hinabgeschüttet und wie Banks das Öl an Deck entzündet hatte, und an das rote Glühen der brennenden Magnesiumfackeln.

Sie drehte sich zu Hynd um und bevor der Sergeant Gelegenheit hatte, sich zu beschweren, hatte sie eine der Fackeln aus seinem Gürtel gezogen.

»Das Wasser! Es ist voller Diesel«, sagte sie, drehte sich um und zog den Zünder der Fackel.

Sie rannte drei Schritte nach vorn und warf die Fackel in hohem Bogen in Richtung des Hafens. Hynd hatte sofort erkannt, was sie vorhatte, und eine zweite Fackel brannte nur wenige Sekunden nach ihrer. Beide fielen ins Hafenbecken, direkt zwischen das blaue Schimmern.

»Alle runter«, brüllte Hynd, schubste Svetlanova zu Boden, und landete fast auf ihr. Sie konnte nur noch den Kopf drehen, aber das war genug, um das Ergebnis beobachten zu können.

Das Wasser im Hafen entzündete sich, eine Wand aus orangefarbenen Flammen röstete die Isopoden in Sekundenschnelle und verzehrte sie. Dann breitete sie sich über das offene Meer aus und entflammte das Loch im Rumpf des Frachtschiffes. Der riesige Isopode an Deck kreischte laut auf, als die kleineren brannten und platzen, dann fing er selbst Feuer. Die Flammen hüllten nun das Deckhaus ein.

Das ganze Schiff entzündete sich mit einem dumpfen Donnern. Eine Hitzewelle schoss über den Hafen, als der Frachter zerbarst und die Isopoden verbrannten.

Es dauerte eine ganze Weile, bis Hynd sich zur Seite bewegte und Svetlanova wieder aufstehen konnte.

Das Frachtschiff brannte immer noch direkt vor dem Hafen, aber das Wasser rundherum war nun schwarz und keine Spur des blauen Leuchtens war mehr zu sehen.

Banks stand über ihnen, als sie sich erhoben, das Telefon in der Hand.

»Es ist immer noch an. Wenn noch welche übrig sind, dann werden wir das gleich wissen.«

Sie warteten minutenlang, aber außer dem brennenden Schiff war nichts mehr zu sehen.

»So weit, so gut«, sagte Banks. »Und jetzt alle nach drinnen, bevor wir uns den Arsch abfrieren.«

Sie befanden sich im Inneren des großen Hauses und ein Propangas-Ofen heizte auf voller Stufe, als sie das Geräusch der näherkommenden Flieger hörten. Sie sahen von der Veranda aus zu, wie die Stelle, an welcher der Bohrturm gestanden hatte, zweimal bombardiert wurde und das Wasser sich jedes Mal schäumend aufwölbte. Es war kein blaues Leuchten mehr zu sehen.

»Ob das reicht?«, fragte Banks.

Svetlanova antwortete mit ihrer besten Imitation eines Glasgower Akzents. Mac hätte es gefallen.

»Ich habe keinen verfickten Schimmer, Cap«, sagte sie.

– E N D E –

LUZIFER
VERLAG